U0017369

白天鵝紅珊瑚

沈石溪◎著
江正一◎圖

序

沈石溪

中外動物小說汗牛充棟，但在我有限的閱讀範圍裡，只見過零星幾篇描寫天鵝生活的短篇小說，還從沒見過有專門描寫天鵝生活的中、長篇佳作。

天鵝難寫。天鵝身上，有厚重的文化積澱，承載著人類的美好願望，在中國的傳統文化中，天鵝象徵著美麗、典雅、純潔和善良，象徵著相濡以沫的愛情。寫天鵝難，難就難在這是一種有固定文化象徵意義的動物，若按固有的文化象徵意義去寫，無非是用文學的手段去演繹一種人們耳熟能詳的觀念，呆板而乏味，很難寫出新意和深度來；但若與固有的文化象徵意義反著來寫，你說牠美麗，我偏說牠醜陋，你說牠典雅，我偏說牠媚俗，你說牠純潔，我偏說牠邪佞，你說牠善良，我偏說牠凶惡，你說牠相濡以沫，我偏說牠朝秦暮楚，這樣寫，新奇倒是新奇了，卻與天鵝物種的特性相悖，也會深深傷害讀者的感情。

寫天鵝，必須畫地為牢，在尊重傳統文化意義的基礎上尋求突破、覓取新意。這好比戴著鐐銬跳舞，不能放開手腳，卻要舞步瀟灑舞姿優美，難度可想而知。

知難而行，是我的立身信條，我樂意接受命運賦予我的挑戰。

我決定用兩個獨立的中篇串綴起一部完整描寫白天鵝生活的長篇小說。最早動筆的是《白天鵝紅珊瑚》，我把「靶心」設置在「美」字上。

我寫東西無法像那些前衛、新銳的作家那樣信馬由韁，跟著感覺走，想到哪裡寫到哪裡。我寫東西，就像打靶一樣，必須事先設置一個靶子，有一個明確的目標，然後將人物、語言、結構和藝術感覺射向靶心。我承認這是一種很笨拙也很吃力的寫法。

如果非要用一個字來概括天鵝，我相信所有的人都會選擇「美」這個字。白天鵝身上最突出的特點就是美。羽色美，體形美，氣質美，儀態美，連降落的姿勢也特別優美。

寫天鵝不寫美，就好像射擊跑靶一樣，總覺得沒擊中目標。

描寫美，最方便的辦法就是寫一隻外形醜卻心靈美的天鵝，或者反過來寫一隻外形美卻心靈醜的天鵝。外表與內心形成強烈反差，寫起來一定得心應手。但我知道，一百年前這麼寫，或許還值得稱道，現在再這麼寫，就是落套，就是平庸，更是對現實極大的歪曲。生活中，外表醜而內心美或外表美而內心醜這樣形成強烈反差的事是十分罕見的，更多的時候，因為外表美便擁有了美麗的心情，從而使心靈也變得越來越美麗，反過來也一樣，因為外表醜便滋生沮喪心情，自慚形穢，從而使心靈也變得越來越醜陋。

順著這條思路，我塑造了紅珊瑚這樣一隻追求美幾近癡迷程度的雌天鵝。是的，因為對美的癡迷，牠在生活中犯下錯誤，遭遇了挫折。但是，愛美的天性，也讓牠有了與眾不同的堅強信念和非凡勇氣。追求美是生命的天賦權利。正因為愛美，讓牠有了衝破傳統陳規陋習，從大嘴烏鴉尖嘴利喙下拯救孤兒蛋的巨大勇氣，正因為追求美的天性，讓牠有了寧願粉身碎骨也要讓自己撫養長大的孩子獲得完美生活的無窮力量。即使到了生命的最後一刻，牠也沒有停止對美的執著與嚮往，寧願泡在即將結冰的湖水裡而拒絕爬上岸來暴露醜陋的殘肢。就是死，也要死得美麗；美是神聖不可侵犯的，死亡也無法剝奪牠的美麗。

我想證明，美是一種稀有資源，美是一種生存價值，美是一種精神力量，美是一種進化動因。

接著我寫了〈紅弟一生的七次冒險〉，這是一篇以構思見長的小說。

在我們的文化裡，白天鵝常被比喻為女性，嬌柔、美麗、典雅。但事實上，天鵝屬於有性繁殖的動物，既有雌性，也有雄性，兩性結合，才能繁衍後代。我的前兩個中篇，寫的都是雌天鵝，我的目的是要完整地表現天鵝生活，卻只著力塑造雌天鵝形象，忽視雄天鵝形象，這不公平，也不完整，更不完美。於是就搜腸刮肚準備寫一個描寫雄天鵝生活的中篇。立刻就感覺到了來自文化上的困惑。一般來說，描寫雄性動物，該著力描寫牠的陽剛之氣和強悍品德，但天鵝這種動物，屬於游禽，一生與柔美的水相依相伴，養成嬌媚的體態和陰柔的品性，再強壯的雄天鵝也不例外。物種的天性受到局限，不可能威震山林，也不可能叱吒風雲。如果寫雄天鵝硬要在「雄」字上做文章，不僅文學的揮灑空間有限，與物種的特徵也有背離之嫌。但若不去表現雄天鵝的陽剛和強悍，又很難將雄天鵝與雌天鵝區分開來，很難強化雄天鵝的性別特徵。必須找到一個既尊重天鵝物性，又恰如其分表現雄性生命壯美一面的角度。

苦思冥想了好長時間，突然就想到「冒險」這個詞，混沌的腦袋豁然透亮，久違的靈感頓時閃現。

我的理解，生命從誕生到死亡，不是一條平直的線，而是一串跳躍的點。生命發展到每一個階段，都會面臨未知的環境、未知的生活和未知的命運，需要你鼓起勇氣去面對生活中一連串新的考驗，去適應去攻克去突破一道道難關。這個適應、攻克、突破的過程，就是生命的成長歷程，需要膽量和勇氣，用「冒險」這個詞來形容，是最恰當不過了。

強悍的生命也要冒險，但比較起來，天鵝這樣弱小的生命更需要冒險。生命成長需要冒險，開拓新的生活更需要冒險。冒險，是對包括人在內所有雄性動物生命成長歷程的概括和濃縮。每一次冒險都是一種成熟，都是一種進步，都是精神上一次可貴的飛躍。一隻不敢冒險自甘平庸的動物，很難在叢林法則下生存，一個不敢冒險自甘平庸的人，很難在社會上立足，一個不敢冒險自甘平庸的民族，也很難有什麼大的作為。

敝帚自珍，我對自己能想出這麼一個討巧的構想而拍案叫絕。

這真是一個十分討巧的構思，七次冒險，完整準確把握住了雄天鵝的生命成長歷程，且結構精巧而勻稱，還很容易寫，編織七個小故事，就能順順當當將心裡所要表達的意思鋪展在稿子上。更絕的是，現代人類社會，由於家境富裕，生活安逸，冒險精神越來越匱乏，尤其是城裡的獨生子女，幾代家長精心呵護，捧在手掌怕摔了，含在嘴裡怕化了，一個個都像溫室裡的花朵，難以面對生活的風雨雷電，生命的品質正在令人歎息地一點一點弱化。我這篇描寫雄天鵝生活的小說，正好從生物學的角度對這類現象進行反思，給讀者有益的啓示與警策。

二〇一〇年五月十日上海梅隴

目次

白天鵝紅珊瑚

一

我和藏族嚮導強巴將帳篷搭建在漾濞湖旁一片白樺樹林裡，這樣就能就近觀察疣鼻天鵝的生活習性。

漾濞湖是滇北高原梅里雪山下一座大型湖泊，湖水清澈，水草豐盛，湖心島中一片茂密的蘆葦叢，是疣鼻天鵝理想的棲息地。

疣鼻天鵝是一種典型的候鳥，春天，梅里雪山彎彎曲曲的雪線褪到山腰，疣鼻天鵝就從遙遠的江南水鄉飛到漾濞湖來，在湖心島蘆葦叢產卵抱窩，繁殖後代，到了秋天，第一場霜雪降臨之前，新生代小天鵝翅膀已經長硬，跟隨群體飛往溫暖的江南水鄉過冬。

正是野杜鵑花綻出新葉的時節，上百隻疣鼻天鵝一夜之間飛臨漾濞湖，寧靜的湖面一下子變得喧鬧起來，已經有配偶的成年天鵝雙雙飛進飛出，忙著修補舊巢，單身雄天鵝和待字閨中的雌天鵝則忙著談情說愛、尋找稱心如意的伴侶。

我躲在白樺樹林裡，一日數次用望遠鏡觀察這些疣鼻天鵝。

有一隻年輕的雌天鵝引起了我的注意。牠全身潔白，沒有一根雜毛，脖頸細柔，彎曲扭動時，自有一種迷人的風情，兩隻翅膀聳吊起來時，從翼根到翼尖那道弧線顯得特別優美。天鵝屬雁形目鴨科天鵝屬，世界上共有八種天鵝：大天鵝、短嘴天鵝、疣鼻天鵝、黑頸天鵝、黑天鵝、高冠天鵝、小天鵝和學名叫雀鵠的花天鵝。疣鼻天鵝與大天鵝、高冠天鵝等其他種類的天鵝相比，最大的差異就是鼻孔突起一塊皺褶，約有兩、三公分高，通常爲黑灰色，就像人身上的疣痣一樣。這隻雌天鵝的疣鼻色澤鮮紅，形似珊瑚，十分醒目，已不僅僅是物種的標誌，更變成美的裝飾。疣鼻天鵝很少鳴叫，因此疣鼻天鵝又有「無聲天鵝」和「啞天鵝」說法，其實，疣鼻天鵝並非啞巴，只是聲帶不如其他天鵝那麼發達而已，大部分疣鼻天鵝的叫聲嘶啞而低沉，只能發出嘶嘶嘶的聲音，但這隻雌天鵝的鳴叫聲卻與眾不同，聲音清晰圓潤，嘶吭嘶吭，特別富有表現力。一點也不誇張地說，這是我所見過容貌最美麗、姿色最出眾、叫聲最好聽的雌疣鼻天鵝。爲了方便觀察記錄，我根據牠疣鼻的形狀和色澤，給牠取名叫紅珊瑚。

我不是雄天鵝，當然不會被紅珊瑚的天生麗質所迷住。我之所以對紅珊瑚格外關注，最重要的原因是紅珊瑚的性格和其他雌疣鼻天鵝迥然不同。

其他種類的天鵝雌雄分工一般爲雌鵝孵卵，雄鵝警戒，類似於人類社會的女主內，男主外。疣鼻天鵝與其他種類天鵝不同，爲雌雄共同孵卵，夫妻共同分擔家務，一起銜來柔軟的草絲修築窩巢、一起外出尋覓食物、一起驅趕闖入領地尋釁鬧事的鄰居、一起抵禦狐狸、豺狗、毒蛇等天敵的侵襲。產卵以後，雌天鵝和雄天鵝輪流抱窩。當然，出於母愛天性，通常雌天鵝抱窩的時間更長更久，有一些勤勞賢慧的雌天鵝除了飲水覓食時讓雄天鵝替代一陣，其他時間都是自己孵天鵝蛋，一旦雛鵝出殼，更是傾注全部的愛，帶雛鵝戲水，教雛鵝辨識可食用的水草，將雛鵝罩在自己的翼翅下睡覺，整天陪伴在雛鵝身邊，須臾捨不得離開。紅珊瑚的表現和那些傳統型的疣鼻雌天鵝完全不同。產卵前，牠就極少做家務，選擇巢址、抓刨窩坑、樹枝搭架、草絲鋪墊等等，一切繁雜瑣碎的事情，均由牠的配偶——那隻肩羽淡灰色的雄天鵝承擔。產卵後，牠也很少抱窩，把孵育後代的重任推給灰肩雄（我給那隻雄天鵝取的名字），只有在灰肩雄離巢去飲水覓食時，才暫時由牠替代孵卵。一對雛鵝出世後，牠也甩手不管，全由灰肩雄撫養照料。灰肩雄忙碌時，牠悠閒自在地在湖面戲水玩耍，一會兒啄咬魚兒，一會兒追趕蜻蜓，玩累了，就爬到沙灘上，曬曬太陽，啄啄羽毛，活得十分輕鬆瀟灑。

有一次，我從望遠鏡裡看見，灰肩雄帶著兩隻雛鵝到湖裡啄食水草去了，紅珊瑚在湖畔梳洗打扮，就在這時，蘆葦叢裡鑽出一隻疣鼻黑如煤塊的雄天鵝來，挺胸搧翅，嘶嘶嘶發出連續不斷的叫聲，兩隻金黃的蹼掌有節奏地踢踏蹦躂，向紅珊瑚表達愛慕之情。這隻煤塊雄（我給牠取的名字）翅膀剛剛長齊，羽毛泛著油光，缺乏經驗，錯把已經做了媽媽的紅珊瑚當作還未婚嫁的單身雌性了。通常雌天鵝遇到這種情況，會把尾羽耷落，雙翅高吊，做出啄咬的架式，並往後退避，以示拒絕對方的求愛。可我發現，紅珊瑚並沒有做出那套拒絕求愛的動作，牠環顧四周，繞到蘆葦叢背後，避開灰肩雄的視線，做出一副羞羞答答的表情，翅膀輕搖慢搧，長長的脖頸彎成S狀，就像一隻還待字閨中的雌天鵝準備拋出愛的紅繡球。年輕的煤塊雄欣喜若狂，嘶嘶嘶叫得越發起勁，蹼掌也踢踏得越發有勁，黏乎乎往紅珊瑚身上靠，紅珊瑚欲擒故縱，待煤塊雄快貼到自己身上時，及時跳閃開去，卻又不是逃得很遠，就在幾步外搔首弄姿，逗得煤塊雄更加癲狂……直到落日餘暉碎金似地鋪滿漾濞湖面，灰肩雄帶著一雙兒女游回岸邊，走攏那片蘆葦，紅珊瑚這才意猶未盡地結束這場愛情遊戲。

灰肩雄不僅吃苦耐勞，脾氣也極好，獨自照顧雛鵝，一會兒要領著雛鵝下到湖裡覓食，一會兒要巡視窩巢四周的領地看看是否有鄰居非法入侵，一會兒要尋找走散或游散的小傢伙，一會兒要提防游近的水蛇和水獺，忙得團團轉，幾乎連喘息的時間都沒有。儘管如此，牠還沒忘記要照顧自己的妻子，啄到一條稍大些的細鱗魚，自己捨不得吃，將魚銜在嘴裡，殷勤地送到紅珊瑚面前。紅珊瑚生性膽小，遠遠望見一隻野貓，便會嘶吭嘶吭尖叫報警，每每這個時候，灰肩雄便會連跑帶飛趕來救援，攆走野貓後，一秒鐘也捨不得耽誤，又急急忙忙回到兩隻雛鵝身邊去。天鵝社會，一般都是雌雄攜手互助共同照料後代的，原本應該由兩隻成年天鵝來負擔的育幼工作落到一隻成年天鵝身上，自然會辛苦加倍，勞累翻番。雖然灰肩雄身強力壯，比普通雄天鵝大了整整一圈，稱得上偉岸魁梧，但也禁不起這般折騰，雛鵝出殼僅一個星期，牠就熬紅了眼睛，肥碩的身體像縮過水一樣，瘦了整整一圈。可牠從沒埋怨過紅珊瑚，也從沒流露出不滿情緒，好像這一切都是理所當然的。

也許就是因爲灰肩雄太能幹、太勤快、太任勞任怨，才使得紅珊瑚養成了遊手好閒的德性；也許就是因爲灰肩雄太盡責、太忠厚、太富有愛心，才使得紅珊瑚有充裕的時間和精力在單身雄天鵝面前賣弄風姿。

不管怎麼說，紅珊瑚是一隻輕浮而又缺乏責任心的雌天鵝。

二

灰肩雄出事了。

這天上午，灰肩雄同往常一樣，帶著兩隻雛鵝下到湖裡戲水覓食。天氣很好，豔陽高照，碧空如洗，湖面蕩漾著清波。兩隻雛鵝一會兒啄咬隨波漂浮的水草，一會兒互相追逐嬉鬧，玩得很高興。開始，灰肩雄還瞪大眼睛寸步不離地跟在兩隻雛鵝後面，警惕地瞭望四周。四周很平靜，什麼可疑的跡象也沒有。過了一陣，牠脖子彎成一個圓圈，嘴殼抵在胸前，浮在水面上打起瞌睡來。牠太累了，兩隻眼睛熬得通紅，嚴重睡眠不足。春陽暖融融，湖水散發出野花的香味，也容易使疲倦的天鵝變得懶洋洋，浮在水上打瞌睡。暖風吹送，牠隨著水波慢慢飄向蘆葦叢。我恰巧在用望遠鏡觀察，整個過程看得清清楚楚。咚，牠的身體撞在一根蘆葦上。蘆葦稈輕輕搖曳，灑下一層白色花粉。在輕微的彈力作用下，牠退離那根蘆葦約數尺遠。隨著蘆葦稈的顫動，突然，蘆葦花絮裡伸出一隻三角形蛇頭來，蛇脖子緊張地扭成麻花狀，碎玻璃似的眼珠死死盯著灰肩雄，叉形舌信不懷好意地吞吐著。我熟識這種蛇，學名叫中國水蛇，別名泥蛇，是一種生活在沼澤湖泊的小型毒蛇，體長僅有七十公分左右。顯然，這條泥蛇原本盤在蘆葦梢睡覺，冷不防被撞醒，受了驚嚇，以爲受到了威脅，便擺出攻擊姿態來。灰肩雄大概昨晚沒有睡好，睡得很沉，毫無察覺威脅正在臨近。又一陣暖風吹來，牠又被微波推搡著，一點點往那根蘆葦稈漂去。一般來說，細小的泥蛇不是成年疣鼻天鵝的對手，不敢與成年疣鼻天鵝正面交鋒；成年疣鼻天鵝對蛇毒沒有免疫力，害怕遭到致命的噬咬，所以也心有畏懼，不敢貿然攻擊泥蛇。假如此時此刻灰肩雄是醒著的，一定會嘴殼對著泥蛇，嘶嘶嘶發出恫嚇的叫聲，一面做出積極防禦的姿勢，一面慢慢往後退卻；而泥蛇也會重新縮進蘆葦花絮裡，蒙頭大睡，以消化屯積在體內的食物。說到底，疣鼻天鵝和泥蛇彼此並沒有食物鏈的關係，也不存在爭奪領土資源的矛盾，犯不著鬥個你死我活。然而，灰肩雄閉眼打瞌睡，什麼都不知道。泥蛇用尾巴纏住蘆葦稈，身體彎成S形，蛇頭左右晃蕩著，那架式，是在發出最後警告：你再過來，我就要不客氣了！暖風和水波依然把瞌睡中的灰肩雄往那根蘆葦稈推搡。牠的身體剛觸碰到蘆葦稈，泥蛇突然鬆開尾巴，彈飛過來，像根草繩一樣落到灰肩雄的脖子上，迅速盤了一圈，狠狠咬了一口。灰肩雄一陣刺痛，嘶地慘叫一聲，從睡夢中驚醒，還沒等牠看清是什麼東西咬了牠，那條泥蛇已跳入湖裡，潛水逃之夭夭了。

灰肩雄茫然四顧，數秒鐘後，蛇毒開始在牠體內發作，牠的脖子變得僵硬，斜頭歪臉，翅膀也變得僵直，啪啪拍打水花，身體卻無法飛起，只能痛苦地在水面打轉。

兩隻雛鵝停止了嬉鬧追逐，朝灰肩雄游了過來，牠們不明白發生了什麼事，害怕地縮成一團，嘶嘶叫著。

泥蛇雖是毒蛇，但毒性不像眼鏡蛇、銀環蛇、響尾蛇、五步蛇等劇毒型毒蛇厲害，被咬後不會立即窒息死亡。灰肩雄雖然脖子僵硬，但神志尚清醒，翅膀還會搧搖，蹼掌還會划動。牠已經受了致命傷，卻仍惦記著雛鵝的安危，將兩個小傢伙圍罩在自己的翼羽下面，拚命往岸邊游。游了一程，牠體內的蛇毒發作得更厲害了，翅膀也漸漸變得石頭般僵硬，只有兩隻桔紅色的蹼掌還在勉強抽搐划動……

終於，灰肩雄護衛著兩隻雛鵝，游到了岸邊。不知是這段湖岸有點陡滑，還是太心急慌忙了，兩個小傢伙跌跌撞撞，幾次滑落下來，怎麼也爬不上岸去。灰肩雄壓低自己麻痹的身體，艱難地垂下不聽使喚的脖子，用嘴殼頂住雛鵝的爪掌，很費勁地把牠們送上岸去。

這時，在另一塊水域與煤塊雄調情的紅珊瑚聽到動靜，中止了愛情遊戲，趕到兩隻雛鵝的身邊，嘶吭嘶吭叫喚著，似乎是想讓灰肩雄上岸來。可灰肩雄已筋疲力盡，生命的燭火快熄滅了。牠的蹼掌也無力划動了，身體隨著波瀾漂向湖中央。牠的嘴殼還在翕動著，卻發不出聲音來，眼睛瞪得溜圓，視線集中在兩隻雛鵝身上。牠的身體形狀和神態表情，讓我很自然地想起這麼一句成語：死不瞑目。

牠的眼光又轉向紅珊瑚，眼光亮得就像熄滅前的彗星，似乎有無限的牽掛。突然，牠胸脯往後一挺，身子翻轉過來，沉入水中，水面只留下兩隻桔紅色的蹼掌……

紅珊瑚在岸邊來回奔走，忽而用脖子抽打蘆葦稈，忽而將嘴殼深深插進砂礫去，表現得非常痛苦。我想，牠如此悲慟，除了為自己的配偶——忠厚的灰肩雄慘遭不幸而難過外，也許更重要的原因，是在為自己的將來而犯愁。擺明著，灰肩雄一死，兩隻雛鵝的養育重擔就要移給牠了，兩個小傢伙還小，出殼僅幾天，等牠們翅膀長硬能自立生活，還有一段漫長而又艱辛的過程，牠享福慣了，過去都是由灰肩雄包攬一切家務，牠像隻單身雌天鵝那樣輕鬆自在無憂無慮，命運變幻莫測，突然間家庭的頂樑柱斷了，所有的一切都壓在牠的身上，牠怎麼受得了呢？

我偏請的藏族嚮導強巴對落在雌天鵝紅珊瑚身上的災難不以爲然，嘴角一撇，用一種不屑的神情說：「活該，誰叫牠這麼懶，假如牠幫灰肩雄分擔一些家務的話，灰肩雄也不會泡在湖裡打瞌睡，也就不會被毒蛇咬死。有兒有女了，什麼事都撒手不管，還與其他雄天鵝拉拉扯扯，哼，活該遭這份罪！」

對此，我也有同感。

三

我早料到，紅珊瑚會走這步棋的。

即使是富有愛心和責任心的疣鼻雌天鵝，一旦配偶意外身亡，也很難獨自支撐門戶。據統計，在疣鼻天鵝族群中，單親家庭雛鵝的存活率，僅爲百分之三左右，而雙親家庭雛鵝的存活率，可高達百分之五十。紅珊瑚是一隻懶散而又貪圖享樂的雌天鵝，怎麼能指望牠獨自挑起養育後代這副重擔，含辛茹苦把兩隻雛鵝撫養長大呢？

對牠來說，重新找一個忠厚的丈夫，頂替灰肩雄的角色，幫牠照料兩隻雛鵝，是最簡便化解災難的好辦法，不失爲解決難題的有效捷徑。

談情說愛是牠的專長、是牠的強項、是牠的拿手好戲。

黃昏，瑰麗的晚霞映照在湖面上，紅橙黃綠，色彩斑斕，整個漾瀁湖像一幅巨大的風景油畫。疣鼻天鵝在湖裡吃飽晚餐，踏著夕陽登上沙岸，在蘆葦叢裡漫步消食。

我從望遠鏡裡觀察紅珊瑚的行蹤。

牠先把兩隻雛鵝引回領地，用嘴殼將牠們趕進鋪著草絲的盆形窩巢，然後回到湖邊，啄起一串串被太陽焐熱、被野花泡香的水珠，梳理自己的翅膀。牠把翼羽徐徐翻轉，露出翼下那片潔白如雪、溫婉柔軟的絨羽，就像美女在描眉塗粉，吸引了許多雄天鵝的視線。牠一面臨水梳妝，一面朝湖裡發出嘶吭嘶吭的叫聲，充分展示自己與眾不同的美。我的望遠鏡往湖中央延伸，哦，那隻煤塊雄還在湖裡撈食魚蝦呢。聽到紅珊瑚的叫聲，煤塊雄奮力拍搧翅膀，直接從水面起飛，飛到紅珊瑚上空，盤旋了一圈，降落下來，脖子一伸一縮，翼羽搖出一團團勁風，歡快地踏著舞步，在紅珊瑚身邊跳起了求愛舞蹈。時令已到仲春，按照體內生物鐘的指示，疣鼻天鵝的求偶活動已近尾聲，若再找不到意中鵝，只有等到明年春天才有擇偶的機會了。煤塊雄顯然是迫不及待想抓住這個最後的機會。紅珊瑚回報同樣的熱情，慵懶地彎曲著頗具美感的脖子，輕搖慢搧能表達心曲的雙翼，一副嬌弱無力的模樣。煤塊雄被逗得愈加癲狂，搖搖擺擺朝紅珊瑚靠過來。

「丈夫屍骨未寒，就忙著談情說愛，真是天鵝中的敗類！」藏族嚮導強巴繃著臉說。

我理解強巴的感受。當地百姓將天鵝視爲聖鳥，象徵堅貞的愛情。在疣鼻天鵝群裡，雌雄一旦結爲伉儷，便白頭偕老廝守終生，很少有中途分手的。紅珊瑚的行爲，無疑褻瀆了強巴心中天鵝的美好形象。可我是動物學家，我很清楚，民間對天鵝的讚譽，含有很大的想像成分。事實上，天鵝歸屬游禽類，與其他雁形目鴨科動物如大雁、野鴨、鴛鴦的行爲大同小異，既有對伴侶忠貞的一面，也有背信棄義的一面。我曾在西藏察隅地區參加過大天鵝的野外調查，通過DNA檢測發現，雌天鵝所產的一窩蛋裡，平均有百分之二十五與配偶不存在遺傳學上的親子關係，這個比率在野鴨是百分之四十，鴛鴦是百分之三十五，大雁是百分之三十。也就是說，天鵝雖然在同目同科動物中屬於愛情忠誠型，但紅杏出牆的事也是屢見不鮮的，沒必要用烈女貞婦這樣的道德標準來苛求紅珊瑚。

「牠沒有能力獨自養大兩隻雛鵝，想找個幫手，這也是可以理解的啊！」我說。

「我們村莊的卓瑪，老公生病去世了，留下一個七十歲的瞎眼老娘和一個三歲、一個六歲的一雙兒女，卓瑪美得像梅里雪山上的雪蓮花，多少人勸她改嫁，卓瑪都搖頭謝絕了，她每天清晨踩著星星出門，晚上踩著狗尾巴回家……」

「行啦，你別把動物和人混爲一談。」我不客氣地打斷強巴的話，「我倒覺得現在紅珊瑚要眞能把煤塊雄招贅進窩，對牠和一對雛鵝都是一件好事情！」

紅珊瑚一面繼續情意綿綿地搖搧翅膀，一面往蘆葦叢移動，往自己的窩巢靠攏。被一縷情絲牽引，煤塊雄魂不守舍地跟著紅珊瑚。鑽進蘆葦叢，拐了兩個彎，很快紅珊瑚就來到自己的窩巢邊。兩隻雛鵝聽到媽媽的聲音，從草絲間探出腦袋，嘶嘶叫著。紅珊瑚親暱地啄啄兩個小傢伙的腦殼，大幅度撐開翅膀，做出表示熱忱歡迎的姿勢，很明顯，這是在告訴煤塊雄：瞧，我有一雙多麼可愛的寶貝，你要是眞喜歡我，那就請過來吧，我們一起把牠們撫養大！煤塊雄像撞著牆一樣停了下來，用一種驚愕的表情望了兩隻雛鵝一眼，斜轉身去，委屈地叫著，搖搧翅膀，走幾步，回頭望一眼紅珊瑚，啄起一條蚯蚓，擺弄示意，用意很明顯，是要引誘紅珊瑚跟牠走。嘶嘶，跟我走吧，我們一起重新安個家，孵一窩屬於我們的雛鵝！

煤塊雄的表現在我的意料之中。在育雛期的雌天鵝，是不可能再度發情的，也就是說，雄天鵝如果迷戀上育雛期的雌天鵝，將注定是一場沒有結果的戀愛，肩負起艱辛的家庭重擔，卻是在爲別的雄天鵝養育後代，沒有哪隻雄天鵝會做這樣的傻瓜。

紅珊瑚側轉身望望窩巢裡一對雛鵝，又扭頭望望煤塊雄，身體在湖水裡打了兩個轉，顯出內心很矛盾的樣子。煤塊雄愈發翅膀搖得歡，舞動脖子將啄在嘴殼上的紅蚯蚓搖出一個個小圓圈，誇大地展示自己的雄性魅力，竭力想把紅珊瑚吸引到自己身邊來。紅珊瑚彷彿受到蠱惑，幾分羞怯，幾分迷醉，搖搖擺擺往煤塊雄身邊靠攏。

假如紅珊瑚眞的受愛情的誘惑，跟著煤塊雄走了，那麼牠與灰肩雄所生的兩隻雛鵝就成了沒有父母照顧的孤兒，失去父母庇護的雛鵝生存率爲零，牠們很快就會成爲紅珊瑚交結新歡的犧牲品。

「我發誓，牠要眞是拋下兩隻雛鵝跟煤塊雄私奔，我一定要在蘆葦叢裡佈下鳥網將牠活捉！」強巴揚揚隨身攜帶的鳥網咬牙切齒地說。

「你別胡來！」我板著臉說，「疣鼻天鵝是國家一級保護動物，誰也不允許偷獵！」

「牠也算天鵝？丈夫才死了一天，就準備拋下兒女另尋新歡，這絕不是天鵝，是披著一身白羽毛的黑老鴰！」強巴強詞奪理道。

煤塊雄一面搖晃叼在嘴殼上的紅蚯蚓，一面退出蘆葦叢，往左側一座小土島游去，意圖很明確，是要把紅珊瑚從兩隻雛鵝身邊拐走。紅珊瑚好像中了邪一樣，迷迷糊糊跟著煤塊雄往前走。

「去吧，拋下兒女跟著你的情郎私奔去吧！」強巴用揶揄的口吻說道，「反正有人很欣賞你這樣做呢！」

我專心觀察紅珊瑚的舉動，沒有時間去和強巴抬槓。各種文獻資料均記載，雌疣鼻天鵝有著強烈的母愛，從沒發生過育雛期間的雌天鵝拋棄雛鵝離家出走另覓新歡的事，所以我覺得強巴的擔心是多餘的。當然，每個人的秉性各不相同，每隻天鵝的秉性也各不相同，也有可能紅珊瑚屬於疣鼻天鵝中的另類，特別水性楊花，特別缺乏責任心。如果紅珊瑚眞是這樣一個另類，天要下雨，娘要嫁人，牠要拋棄兒女棄家出走，這也是沒辦法的事啊！

煤塊雄爬上小土島，站在一塊礁石上，大幅度搖動強而有力的雙翅，朝紅珊瑚發出求偶心切的嘶嘶鳴叫。紅珊瑚優雅地甩動脖頸，抖動雙翅，表現出即將做新娘的甜蜜羞澀表情，順著水面上煤塊雄游動撩起的波紋線，娉娉婷婷往小土島游去。

我透過望遠鏡忐忑不安地注視著紅珊瑚。

就在紅珊瑚即將登上小土島時，突然，紅珊瑚的背後，正在分蘖拔節的嫩綠蘆葦蕩裡，晃動雛鵝的身影。我把望遠鏡移向蘆葦叢，哦，是紅珊瑚的一雙兒女正在四處尋找媽媽。牠們鑲著黑邊的嫩黃嘴殼不斷上下翕動，我猜想牠們是在嘶嘶叫喚，但牠們沒有媽媽這樣一副清晰圓潤的嗓子，牠們的聲音很輕，我沒法聽到。但我發現紅珊瑚聽到兩隻雛鵝嘶啞輕微的叫聲了，我從望遠鏡裡看見，紅珊瑚一隻金黃的鵝掌已踩在小土島上，雛鵝的叫聲彷彿是一碗還魂湯，牠突然間回過神來，驚愕地伸直脖頸，撲通又跳進湖裡，嘶吭嘶吭叫著，快速向蘆葦叢游去。煤塊雄在背後焦急地拚命搖搧翅膀，企圖再次將紅珊瑚勾引到自己身邊來。但任憑煤塊雄怎麼努力，紅珊瑚頭也不回，義無反顧地朝蘆葦叢游去。游到鋪著草絲的盆形窩巢，紅珊瑚親暱地用柔軟的脖頸觸摸一對雛鵝的臉，發出細柔的呢喃聲，似乎是在告慰小傢伙：別怕，媽媽回來了，媽媽永遠不會離開你們！

在以後的幾天裡，紅珊瑚又數次企圖將雄性吸引到身邊來幫自己養育雛鵝，但結果如出一轍，雄性都對牠萌生愛慕之情，卻無一例外地拒絕幫牠養育雛鵝，不僅如此，每一隻對紅珊瑚有意思的雄性，都像煤塊雄一樣，展示雄性的魅力試圖將紅珊瑚的魂勾走，將紅珊瑚從一對雛鵝身邊勾走，而每一次面臨是要新的愛情還是要一對雛鵝的選擇關頭，紅珊瑚都選擇了留在一對雛鵝身邊。

不管什麼種類的雌性動物，母愛都大於、強於情愛。

四

找不到願意幫牠共同撫養雛鵝的雄天鵝，紅珊瑚只能獨自挑起生活重擔。

對疣鼻天鵝來說，單親家庭的生活艱辛而充滿風險。首先遇到的問題就是食物短缺。疣鼻天鵝生活在湖泊沼澤，漾濞湖水草豐盛魚蝦成群，看起來似乎不會有食物壓力，其實不然，水面和稻田一樣，有高產區域，也有低產區域，有的水域水草豐饒浮游生物麇集，不費吹灰之力就能找到果腹的食物，有的水域水草枯瘦魚蝦蹤影難尋，耗費很多力氣也無法塡飽肚皮。有富饒有貧困，就會有爭鬥。育雛期的疣鼻天鵝具有強烈的領地意識，那些完整的天鵝家庭，夫妻聯手，將豐饒的水域占爲己有，不允許其他天鵝染指。紅珊瑚屬於單親家庭，單親家庭勢單力薄，只好到水草枯瘦無「人」問津的水域去覓食。有幾次，紅珊瑚帶著一對雛鵝游進水草豐饒的水域，還沒開始啄食魚蝦，就遭到一對天鵝夫妻的驅趕，丈夫伸直脖子擺出攻擊姿勢進行威脅，妻子則不客氣地用寬扁的嘴殼啄咬紅珊瑚背上的羽毛。紅珊瑚哪裡是一對夫妻檔的對手，只能節節敗退，逃出水草豐饒的水域。我從望遠鏡看到，由於吃不到足夠的浮游生物，紅珊瑚的一對雛鵝長得明顯比同齡雛鵝慢，不僅身體瘦弱，身上的絨羽也亂糟糟的缺乏光澤。比較起來，食物還算是小問題，疣鼻天鵝單親家庭最大的問題是安全隱憂。這個世界上，想吃天鵝肉的物種實在太多太多了，狼、豺、狐、獾，鵰、鷹、隼、鷂，都覬覦肉質鮮美的天鵝肉。爲了防範貪得無厭的食肉獸，疣鼻天鵝極少到陸地活動，總是選擇四面環水的蘆葦叢或小島棲息築巢，儘管如此，天鵝群也難享太平，金鵰和老鷹隨時都可能禍從天降，就算食肉走獸，也會泅渡到荒島來偷襲天鵝群。尤其是雛鵝出殼的一段時間，天上飛的、地上跑的、水裡游的各種食肉動物，都像趕集一樣從四面八方來到天鵝群的棲息地，就等著呑食還不會飛、只能在地上蹣跚行走或在水面緩慢游動的雛鵝。疣鼻天鵝群的生存壓力很大很大，育雛期的成年天鵝，連睡覺都要睜著一隻眼睛，以防範遭到食肉動物的偷襲。完整的天鵝家庭，夫妻攜手，以防不測，一旦有風吹草動，雄天鵝便奮不顧身衝向危險，或與天敵搏殺，或與天敵周旋設法將危險引開，雌天鵝則掩護雛鵝逃進迷宮似的蘆葦叢。即便如此，完整天鵝家庭的雛鵝仍經常慘遭食肉禽獸捕殺。單親天鵝家庭，其風險指數，大大高於完整天鵝家庭。據雲南省動物研究所野外觀察記錄顯示，單親天鵝家庭由於勢單力薄疏於防範，百分之五十以上的雛鵝在出殼的頭一個月裡都會被食肉禽獸吃掉，另有百分之四十左右的雛鵝在出殼的第二個月裡被弱肉強食的叢林法則無情淘汰，只有極少數能力特別強、運氣特別好的天鵝媽媽能獨自將雛鵝撫養長大。

紅珊瑚屬於生存能力偏低的雌天鵝，能否將膝下的一對雛鵝撫養長大，希望實在太渺茫了。更讓我和強巴擔憂的是，紅珊瑚似乎積習難改，仍十分在意自己的儀表，一有時間就梳洗打扮，把自己弄得漂漂亮亮。尤其是清晨朝霞鋪滿藍天和黃昏晚霞映紅天空這兩個時段，紅珊瑚都要仔細將自己梳洗打扮一番。如果紅珊瑚還是一隻姑娘鵝，出於愛美的天性，也出於尋覓理想配偶的實際需要，天天忙碌著爲自己梳洗打扮，這當然是可以理解的；如果灰肩雄還活著，有老公替牠看護雛鵝，閒暇時打扮打扮自己，倒也還算說得過去。但紅珊瑚是一隻肩負著育雛重擔的單親媽媽，類似這種情況的雌天鵝，即使將所有時間、所有精力都用在一對雛鵝身上，都還嫌時間和精力不夠用，哪還有心思顧及自己的儀表啊。我沒法否認，紅珊瑚對美的追求已到了病態的程度。每天清晨，疣鼻天鵝們從睡夢中醒來，鵝爸爸鵝媽媽就會帶著雛鵝到湖裡啄食魚蝦。一年之際在於春，一日之際在於晨，對肩負育雛重擔的成年天鵝來說，每天早晨醒來後的第一件事，就是設法讓小寶貝們填飽肚子。悠悠萬事，讓兒女有飯吃，是頭等大事。紅珊瑚卻與眾不同，牠每天清晨醒來後的第一件事情，就是游到綠波蕩漾的漾濞湖裡，沐浴燦爛的霞光，腦袋一次次埋進水裡，撩撥得水花四濺，然後，朝著巍峨壯麗的梅里雪山，搧動潔白的翅膀，嘶吭——嘶吭——發出幾聲在疣鼻天鵝群裡極難聽見的嘹亮鳴叫，啄起一串串清泠泠的水珠，梳理翅膀上的每一根羽毛，梳洗打扮停當，這才帶著一雙兒女到蘆葦叢覓食。每天黃昏，疣鼻天鵝們吃飽肚子，便會帶著雛鵝急急忙忙趕回窩巢，恐怖的黑夜就要來臨，黃昏是許多食肉獸捕獵的高峰時期，在外面多待一分鐘就多一分鐘危險，家才是安全的港灣，所以育雛期間的鵝爸爸鵝媽媽絕不會拖延歸巢時間。紅珊瑚卻又是另一番情景，牠似乎特別迷戀黃昏美景，登上沙灘，牠會長時間凝望被夕陽染紅的金波粼粼的湖面，凝望像塗了一層胭脂似的梅里雪峰，佇立在濃濃的晚霞中，吊起雙翅，用嘴殼將胸脯、翼下和尾巴上的羽毛仔仔細細梳理一遍，直到夕陽下山天色昏暗，這才意猶未盡地帶著一對雛鵝歸巢。梳洗打扮，必然會佔用紅珊瑚很多時間和精力，也會分散牠的注意力，使一對雛鵝面臨更多的危險。有一天清晨，紅珊瑚照例在漾濞湖梳洗打扮，一對雛鵝大概是餓了，便離開媽媽游到淺灘去啄食魚卵幼蟲，也不知怎麼弄的，其中一隻雛鵝的腿被漂浮在水面上一團亂麻似的水草糾纏住了，雛鵝拚命掙扎，結果卻被水草越纏越緊，才出殼十來天的雛鵝力氣耗盡，眼看著就要被水草裹綁成粽子沉入湖底了，另一隻雛鵝持續發出嘶嘶尖叫，聽覺頗靈敏的紅珊瑚這才急匆匆趕來，用嘴殼拔除雛鵝身上的草絲，將奄奄一息的小傢伙從亂麻似的水草間救了出來，好險哪，要是紅珊瑚再晚到幾分鐘，這隻雛鵝肯定就淹死了。還有一次，紅珊瑚沉醉在晚霞美景中，暮色將至，一對雛鵝對黑夜有一種本能的恐懼，竟然去鄰居家的窩巢，想爬到那隻名叫響儂的雌天鵝懷裡去。響儂似乎不樂意讓兩個別人家的孩子來分享自己的母愛，用嘴殼將兩個小傢伙從窩巢頂出來，兩個不懂事的小傢伙不肯甘休，再次進到鄰居窩巢，鑽頭覓縫想擠進響儂溫暖的懷裡，響儂生氣地嘶嘶叫喚，響儂的叫喚引來了響儂的丈夫——一隻我們給牠取名叫烏雲片的雄天鵝，氣咻咻趕了過來，搧動兩隻略帶淺灰色的翅膀，前後搖動，呼呼搧出一股強風，作驅趕狀。兩隻雛鵝根本不知道雄天鵝的翅膀有多厲害，仍賴在鄰居的窩巢不肯出來，啪，兩隻雛鵝被烏雲片的翅膀掃了一下，算這兩隻雛鵝的命大，牠們只是被烏雲片的翼羽碰擦到身體，如果是被烏雲片強有力的肩胛骨抽中，如果翼羽掃到了牠們細弱的脖子，牠們小命恐怕就玩完了。儘管只是被翼羽掃了一下身體，兩個小傢伙也被狠狠甩出窩巢，跌了個大觔斗，趴在地上半天沒能爬起來。而這個時候，紅珊瑚還站在沙灘上，沐浴火紅的晚霞，不厭其煩地一遍又一遍梳理牠翼下的絨羽。

「牠這個媽媽，也當得太不稱職了。」強巴放下望遠鏡不無憤慨地說。

紅珊瑚梳洗停當，踏著濃濃的晚霞朝窩巢走去。牠本來就姿色出眾，經過一番梳洗打扮，潔白的羽毛光鮮亮麗，嘴殼基部那塊紫色的瘤狀突起十分耀眼，款款扭動柔軟的脖頸，儀態萬千，雍容華貴。

「牠還確實是這群疣鼻天鵝裡最美麗的雌天鵝。」我讚道，「如果疣鼻天鵝舉辦選美大賽，第一名的桂冠非牠莫屬。」

「美麗的容顏能當飯吃嗎？」強巴用鄙夷的神情望著在湖心島沙灘上漫步的紅珊瑚說，「只管自己臭美，不顧雛鵝死活，也太自私了啊！你瞧著吧，我估計要不了三天，這兩隻雛鵝就會出事。」

「你別詛咒牠。」

「不是我要詛咒牠。你瞧瞧，這麼多的飛禽走獸都千方百計想捉雛鵝解饞，牠還忙著自己臭美，能把這一對雛鵝拉拔大嗎？」

我默然。

五

果然被強巴言中，僅僅過了兩天，災難就降臨紅珊瑚身上。

那是一個寧靜而美麗的黃昏，夕陽如玫瑰花瓣般豔紅，和許多天鵝家庭一樣，紅珊瑚帶著一對雛鵝登上沙灘。太陽正一點一點滑向山峰背後，漸漸暗下來的樹林裡傳來貓頭鷹尖厲的囂叫，散播著夜的氣息。那些鵝爸爸鵝媽媽們，一登上湖心島的沙灘，就急急忙忙將自己的雛鵝引向蘆葦叢的窩巢，牠們無心觀賞美麗的黃昏景象，肩負育雛重擔，安全是第一位的，早一點歸巢就多一分安全。唯獨紅珊瑚與眾不同，牠登上沙灘，向著煙波浩淼的漾濞湖對岸那輪像燃燒火球似的夕陽，優雅地搖搧翅膀，興奮地漫步沙灘，沉浸在美感的享受中，然後用扁扁的嘴殼梳理身上的羽毛。湖面上風很大，吹得蘆葦沙沙響。那對雛鵝或許是被風吹得有點冷了，或許是想早一點回到鋪滿草絲的窩巢去，便離開紅珊瑚，互相依傍攙扶著往窩巢走去。就在這個時候，災難發生了。我從望遠鏡裡看得清清楚楚，一隻體色灰白、羽翼間分佈黑色羽幹紋的蒼鷹，背著夕陽，突然飛臨湖心島上空，銳利的鷹眼俯瞰大地。蒼鷹看見了在沙灘上搔首弄姿的紅珊瑚，也看見了沒有成年天鵝陪伴，正在往蘆葦叢蹣跚而行的一對雛鵝。蒼鷹也叫獵鷹，長著尖利的爪和鉤狀的喙，捕食野兔、田鼠及鳥類，是一種可怕的凶禽。蒼鷹雖然凶猛，卻很少攻擊疣鼻天鵝，成年疣鼻天鵝體長近一公尺，搏鬥起來蒼鷹是很難佔到便宜的。但此時此刻，蒼鷹看到的是一對失去成年天鵝庇護的雛鵝，這是千載難逢吃天鵝肉的好機會，只見蒼鷹半斂翅膀，像一道黑色流星，向一對毫無防衛能力的雛鵝俯衝下來。蒼鷹是背著夕陽飛行，耀眼的陽光影響了天鵝的視力，直到蒼鷹俯衝到離地面約五、六十公尺高度，擔任哨兵的天鵝才發現來自天空的威脅，振翅在空中頡頏翻飛，發出報警的信號。其他類型的哨兵天鵝是用高亢嘹亮的鳴叫來報警，但疣鼻天鵝有「啞天鵝」之稱，鳴叫聲微弱而嘶啞，所以哨兵天鵝只能用頡頏翻飛來報警。這個時候，紅珊瑚離兩隻雛鵝最近，如果在哨兵天鵝發出報警信號時及時趕過去救援，還來得及趕在蒼鷹之前回到雛鵝身邊。遺憾的是，紅珊瑚沉浸在晚霞美景和梳妝打扮，沒看到哨兵天鵝的報警信號。其他天鵝家庭看到哨兵天鵝的報警信號，都心急火燎趕回自家雛鵝身邊，將毫無防衛能力的雛鵝護衛在自己翼羽下，湖心島到處都是翅膀搧動的喧囂聲。紅珊瑚這才如夢初醒，嘶吭嘶吭叫著，搧動翅膀連飛帶跑朝蘆葦叢趕去，但已經遲了，蒼鷹黑色的翅膀已罩在一對雛鵝身上。蒼鷹不愧是狩獵行家，我從望遠鏡裡看得很清楚，遒勁的鷹爪落地的一瞬間，一把掐住一隻雛鵝細弱的脖頸，可憐的雛鵝，來不及發出救命的呼叫，就去見了閻王。另一隻雛鵝想逃，蒼鷹敏捷地跳了兩跳，跳到雛鵝身上，將雛鵝壓翻在地，另一隻犀利的鷹爪殘忍地刺向雛鵝稚嫩的背。須臾之間，兩隻雛鵝就被鷹爪攫抓住了。這時，紅珊瑚趕到了，不顧一切向蒼鷹撞去。但蒼鷹猛搧幾下翅膀，身體騰空而起，雖然爪下抓著一對雛鵝，負重飛行，卻仍飛得矯健平穩，迅速向梅里雪山飛逃。紅珊瑚奮起急追，疣鼻天鵝的飛行速度與蒼鷹的飛行速度不相上下，但蒼鷹的起飛簡練而敏捷，一抖翅膀，身體就可騰空起來，剎那間便可進入疾飛狀態，疣鼻天鵝起飛繁瑣而緩慢，需要一面拍搧翅膀一面奔跑，借助跑的力量才能飛起來。等紅珊瑚成功飛起來時，蒼鷹已飛出很遠。夕陽下山了，暮色蒼茫，蒼鷹與夜幕融爲一色，漸漸看不見了。疣鼻天鵝屬於夜伏晝行的動物，在黑夜視力很弱，紅珊瑚在天空繞了幾圈，不得不放棄追逐。

這天夜裡，湖心島不時傳來紅珊瑚嘶吭嘶吭傷心的鳴叫，淒淒慘慘戚戚，攪得整個疣鼻天鵝群悽悽惶惶。

翌日早晨，太陽升起來了，朝霞滿天，湖面金波粼粼，有家室的天鵝都帶著雛鵝下湖覓食去了，往常這個時候，紅珊瑚應該啄起清泠泠的湖水晨妝梳洗了，可我用望遠鏡在天鵝群搜索了一遍，卻沒看見紅珊瑚。我和強巴划起橡皮艇，去到湖心島蘆葦叢，這才從望遠鏡裡發現，紅珊瑚羽毛凌亂，面容憔悴，不吃也不喝，長時間站立在窩巢前，長長的脖頸一伸一縮，就好像在給雛鵝反哺餵食，鋪滿草絲的窩巢裡空空如也，什麼也沒有。

唉，我輕輕歎了口氣，爲這隻容貌出眾的雌天鵝不幸的遭遇感到惋惜。

「牠這是自找的。」強巴說，「牠如果一心一意撫養雛鵝，不那麼愛美的話，一雙兒女也不會遭到獵殺。」

我將視線從紅珊瑚身上移開了。紅珊瑚的神情顯得有點恍惚，我不忍心再看牠悲痛欲絕的模樣。疣鼻天鵝群經常會發生雛鵝慘遭凶禽猛獸獵殺的事，我很清楚痛失雛鵝的雌天鵝身上會發生哪些變化。牠們無心覓食，神情恍惚，形容枯槁，守候在舊巢前不願離開，睡夢中常常會驚醒，悲痛程度和持續時間因「人」而異，有的雌天鵝性格開朗，一到兩週就可逐漸恢復正常；有的雌天鵝性格內向，沉湎在悲痛中難以自拔，憂鬱的情緒會延續到夏天。我希望紅珊瑚能很快從失子的悲痛中解脫出來。在此後的幾天，我不再刻意去關注紅珊瑚。我這次野外考察的課題是「疣鼻天鵝的家庭形態和育雛行爲」，紅珊瑚已經家破「人」亡，變成一隻單身雌天鵝，對我的研究已失去作用，這也是我不再關注牠的一個原因。疣鼻天鵝的繁殖行爲有很嚴格的時間表，時令已過仲春，無論雌雄，單身疣鼻天鵝都停止發情，可以肯定的說，紅珊瑚今年不會再有擇偶、交配、產卵、抱窩、育雛的活動，牠會像那些沒找到配偶的單身天鵝一樣，孤獨而無聊地打發時光，等明年春天從南方飛返梅里雪山時，再進入下一段繁殖期。這是我對紅珊瑚失去觀察興趣的另一個原因。

我將觀察重點轉向其他天鵝家庭。

沒想到的是，僅僅過了四天，我的高倍望遠鏡就又再次對準了紅珊瑚。

六

一隻名叫青寶的雄天鵝和一隻名叫豆蔻的雌天鵝被一對狡猾的紅狐殺死了，留下一窩四枚還沒來得及孵化的天鵝蛋。

疣鼻天鵝群雛鵝出殼的時間有先有後。有的天鵝夫妻戀愛早、交配早、產卵早、抱窩早，早婚早育，從遙遠的南方回到梅里雪山不到一個半月雛鵝就出殼了；有的天鵝夫妻戀愛晚、交配晚、產卵晚、抱窩晚，晚婚晚育，從遙遠的南方回到梅里雪山後兩個月雛鵝才出殼。在同一個疣鼻天鵝群裡，最早出殼的雛鵝與最晚出殼的雛鵝時間差可達半個月。

青寶和豆蔻是剛滿一歲齡的年輕天鵝，其他天鵝都開始抱窩了，牠倆才開始戀愛婚配，雛鵝出殼自然也就晚。這群疣鼻天鵝裡所有雛鵝都陸續出殼了，唯獨青寶和豆蔻所產的一窩天鵝蛋還沒孵化成活潑可愛的天鵝寶寶。疣鼻天鵝孵卵期爲三十六天左右，我因研究需要，對每個天鵝家庭抱窩情況都有詳細記錄，青寶和豆蔻是三十三天前開始抱窩的，從時間推算，頂多再有兩三天，牠們的寶貝就要出殼了。不幸的是，就在青寶和豆蔻快要品嘗到做爸爸媽媽的喜悅和幸福時，一對紅狐偷襲湖心島，青寶和豆蔻成了犧牲品。

紅狐是疣鼻天鵝最危險的天敵。紅狐又名山狐、赤狐，毛色豔紅，善以計謀獲取獵物。疣鼻天鵝棲息在四面環水的島嶼上，有水做屏障，一般走獸想吃天鵝肉想得流口水，卻無法泅渡到島上來抓天鵝，唯獨紅狐有這個本領，紅狐能游泳，雖水性一般，但退潮時能在水面下尋找到一條最近最淺的路線，成功游上島來，一旦抓到天鵝後，牠們會叼住天鵝的脖子，將具有相當浮力的天鵝屍體當作救生物，借漲潮時潮水的衝力輕鬆地游回到岸上來。更讓人驚訝的是，紅狐還有本領捕獵正在湖面上覓食的疣鼻天鵝。曾有人目睹這樣的場景：一團樹枝漂在漾濞湖上，一隻臉頰灰白的老公狐跳上那團漂浮物，躲藏在枝葉間，用後肢划水，慢慢向一隻正在啄食魚蝦的青年天鵝漂去，青年天鵝朝慢慢向自己漂來的漂浮物看了兩眼，很平常的一團樹枝，不值得大驚小怪，就繼續埋頭覓食，漂浮物漂到那隻青年天鵝身邊，突然間，綠色枝葉裡閃電般伸出一張臭烘烘狐嘴，可憐的青年天鵝，還沒明白是怎麼回事，就成了老公狐一頓美味晚餐。

雖然紅狐狡詐凶悍，但從觀察所記錄的統計資料表明，每年眞正葬身狐腹的天鵝數量微乎其微。在長期的進化過程中，面對生存危機，疣鼻天鵝形成了一套有效對付紅狐偷襲的防禦機制，那就是哨兵放哨制度和一家有難家家出動的聯防制度。每個疣鼻天鵝群都有一、兩個專職哨兵，無論白天還是黑夜，或巡飛或遠眺，密切注視四周動靜，一有風吹草動，就會發出報警信號。疣鼻天鵝群的哨兵，通常由年老色衰、已失去繁殖能力的老雌鵝擔當，疣鼻天鵝以血緣為紐帶形成群落，幾乎每一個成員都是這些哨兵老雌鵝的晚輩親屬，眾所周知，動物在血緣親屬間會發生利他主義行為，這些哨兵老雌鵝無限忠於自己的職守，絕不會消極怠工，也不會開小差，沒日沒夜為群體安全嘔心瀝血。曾有過這樣的記載：某個疣鼻天鵝群在繁殖期間頻頻發生狐患，一隻哨兵老雌鵝三天三夜沒合眼，勞累過度，倒在了哨兵崗位上。擔當哨兵的老雌鵝閱歷豐富，很有生活經驗，無論紅狐玩什麼花招，都很難騙過牠們的眼睛。一旦發現周圍有紅狐蹤跡，哨兵老雌鵝就會大幅度搖搧翅膀在天空上下翻飛發出報警信號，所有雄天鵝會立即起飛，向企圖偷襲的紅狐發起攻擊。紅狐屬於中小型食肉獸，一隻成年紅狐的身體還沒有一隻成年疣鼻天鵝重，單打獨鬥，憑藉尖爪利齒和矯健的身手，是可以獵殺疣鼻天鵝的，但一群疣鼻天鵝群起而攻之，紅狐只有甘拜下風。曾經發生過這樣的事，有一隻紅狐半夜悄悄摸上湖心島，剛登上島就被哨兵老雌鵝發現，三十多隻成年天鵝將紅狐團團包圍，你一口我一口狠狠啄咬，倒楣的紅狐背上和尾巴上的狐毛幾乎被天鵝們啄個乾淨，變成一隻赤膊狐，所幸是個沒有月亮的夜，天鵝們視力不佳，包圍圈出現疏漏，赤膊紅狐這才撿回一條小命。還有一次，一對紅狐夫妻傍晚時分往湖心島泅渡而來，湖面被濃豔的夕陽染得彤紅，狐色與湖色融爲一色，具有極強的迷彩效果，但還是沒能瞞過哨兵老雌鵝的眼睛，在那對紅狐夫妻離島還有三、四十公尺遠時，哨兵老雌鵝及時發出了報警信號。霎時間，幾十隻雄天鵝凌空而起，向不速之客展開凌厲攻勢。有的雄天鵝飛到紅狐背後，用堅硬的扁喙啄咬狐背狐尾，有的雄天鵝貼著水面奔跑飛行，攪起一陣陣細碎的水花，濺得紅狐睜不開眼，更有膽大的雄天鵝，搖搧翅膀貼著水面奔跑時，強有力的翅膀咚咚咚敲打紅狐冒出水面的腦殼，打得紅狐暈頭轉向，桔紅色的鵝掌啪啪啪踩踏紅狐浮在水面的脊背，紅狐身不由己沉入水裡嗆進一口口水；紅狐雖能游泳，但水性不佳，只能狗爬式划拉幾下，既不能潛水，也游不了很長時間，很快，這對紅狐就筋疲力盡，漸漸沉入水底。倒楣的紅狐夫妻，天鵝肉沒吃著，反搭上自家性命，變成了溺水鬼狐。

青寶和豆蔻之所以罹難，是狡猾的紅狐鑽了疣鼻天鵝防禦機制的空子。

這天清晨，同往常一樣，所有的天鵝家庭都帶著雛鵝到漾濞湖覓食去了，兩隻擔當哨兵的老雌鵝也離開湖心島，跟著群體游進漾濞湖。湖心島上，只留下青寶和豆蔻，還有牠們那窩即將變成活潑可愛鵝寶寶的寶貝蛋。

哨兵老雌鵝的職責就是保衛整個天鵝群的安全，群體移動到什麼位置，牠們就在什麼位置站崗放哨。牠們不可能單獨爲一個天鵝家庭來站崗放哨。

湖心島靜悄悄，豆蔻蹲在窩巢孵卵，青寶站立在巢旁警惕地注視四周動靜。

就在這時，我從望遠鏡裡看見，兩隻賊頭賊腦的紅狐，突然出現在湖心島的沙灘上。我沒看見這對紅狐夫妻是怎麼渡過兩、三百公尺寬的水面的，我看見牠們的時候，牠們已踏著豔紅的朝霞，成功繞開在湖面巡游的哨兵老雌鵝警惕的眼睛，登上了湖心島。

狐確實狡詐，我看見這對紅狐夫妻交換了一下眼神，兵分兩路，公狐閃進沙灘左側一塊礁石背後，母狐則躡手躡腳摸向正在孵卵的豆蔻。沙沙沙，沙沙沙，公狐在礁石背後用爪子刨地。青寶聽到了異常響動，半撐開翅膀，伸直長長的脖頸，似乎要報警。這當兒，公狐停止了刨地，異常響動消失了。青寶凝神屏息諦聽，聽了好一陣，也沒再聽到異常響動，就鬆了口氣，半撐開的翅膀斂攏起來，長長的脖頸也回到正常的S形。突然，公狐又開始刨地，沙沙沙，沙沙沙，異常響動又起，青寶翅膀又陡地撐開，脖頸也緊張地伸直了，可是，那討厭的沙沙聲又沒有了。如此這般三、四次後，青寶再也控制不住好奇心，微微張開翅膀，小聲嘶嘶叫著，搖搖擺擺朝那塊礁石走去。嘖嘖，是什麼東西藏在礁石背後裝神弄鬼呀？我一定要查個明白！也許是一條魚在沙灘上擱淺了，哈哈，那我就能白撿個便宜。

我曉得，青寶正在一步步走向死亡，假如青寶出了問題，豆蔻也就危險了，我爲青寶和豆蔻捏了把冷汗，可我幫不了牠們的忙。

我從望遠鏡裡看得一清二楚，青寶來到礁石跟前，翅膀張開，嘴喙高舉，擺出一副戒備姿態，正欲邁步轉到礁石背後去看個究竟，就在這節骨眼上，突然傳來豆蔻十萬火急的嘶嘶叫聲，哦，是母狐從蘆葦叢跳了出來，在豆蔻的窩巢前張牙舞爪，豆蔻當然要呼叫丈夫快來救援。青寶本來只差一步就轉到礁石背後了，聽到豆蔻報警，不假思索地回轉身來，就想連飛帶跑往自家窩巢趕。青寶剛轉過身來，躲藏在礁石背後的雄狐突然從背後躥跳過來，騎在青寶背上，一口咬住青寶的脖子。紅狐夫妻這一招很毒，倘若一隻紅狐與一隻成年天鵝正面搏殺，紅狐或許也能佔上風，卻很難順順當當吃到天鵝肉，面對面搏殺時，成年天鵝會用堅硬的扁喙猛啄紅狐的臉，用強有力的翅膀猛擊紅狐的腦殼，紅狐稍不留意，就會受到重創，更大的麻煩是，在搏殺過程中，成年天鵝隨時都有可能振翅飛翔，紅狐只有眼睜睜看著已到嘴邊的天鵝肉飛走了。正面捕捉成年天鵝，紅狐的勝算不大。但紅狐倘若從背後襲擊成年天鵝，突然跳到成年天鵝的背上，一口咬住鵝脖子，成年天鵝的脖頸再長，也無法扭轉過來啄咬，強有力的翅膀也無法擊打到紅狐，更有利的是，紅狐騎在天鵝背上，再雄壯的天鵝也喪失飛翔能力，只能任狐宰割。背後襲擊成年天鵝，紅狐穩操勝劵。唉，我為青寶即將罹難而歎息。細長的脖頸是天鵝身體最薄弱的環節，紅狐尖牙利齒，一旦紅狐從背後咬住天鵝脖子，天鵝立刻就叫不出聲來，兩眼翻白，翅膀撲騰一陣，很快就會窒息。可我卻驚訝地發現，青寶雖然被雄狐咬住了脖子，但兩眼並未翻白，不僅沒窒息，還嘶嘶嘶發出淒厲的叫聲。難道是雄狐沒咬到要害？還是雄狐太年輕缺乏捕捉天鵝的經驗和力氣？我調整望遠鏡的焦距，更仔細地觀察。雄狐咬住青寶脖頸的中端，這是整條鵝頸最細的一段，也是最脆弱的一段，狐嘴尖長，鋒利的牙齒把整個脖頸都咬進嘴裡，可以說是咬住了要害中的要害，咬中了最致命的部位，正常情況下，凡狐嘴咬住了鵝頸中端，至多半分鐘時間，天鵝就會窒息，失去掙扎能力；再觀察這隻正在行凶的雄狐，皮毛油亮，尾巴蓬鬆，髯鬚如銀針般閃閃發亮，一看就知道是一隻正處於生命巔峰狀態的壯年雄狐，不可能缺乏經驗或沒有力氣將鵝頸咬斷。可是，青寶卻還在持續不斷地搧搖翅膀拚命掙扎，還能發出刺耳的嘶嘶叫聲！

寧靜的蘆葦叢草葉紛飛，狐嘯鵝叫，一片喧囂。

這是怎麼回事啊？我疑惑不解。

青寶垂死掙扎的動靜傳到豆蔻耳朵裡，豆蔻扭頭向青寶張望，豆蔻當然看到雄狐已咬住青寶的脖頸，命懸一線，十萬火急，容不得豆蔻猶豫，也容不得豆蔻多想，嘶地叫了一聲，跳出窩巢，轉過身來，搖搧翅膀，就想朝青寶飛奔過來。疣鼻天鵝是一種對愛情忠貞的鳥，夫妻任何一方遭遇危險，另一方絕不會袖手旁觀的。豆蔻一定是這麼想的：親愛的丈夫已被凶殘的狐叼住了脖子，牠用最快的速度趕過去啄咬狐眼，或許就能將丈夫從狐嘴救出來！就在豆蔻轉身欲飛奔之際，母狐飛躥而來，母狐豔紅的皮毛像團火焰，劃過碧綠的蘆葦葉，一下就撲到了豆蔻背上，利索地咬住了豆蔻的脖頸……

我這才恍然大悟，公狐跳到青寶背上，尖尖的狐嘴把整個鵝頸都含在嘴裡了，為什麼青寶還能掙扎和叫喚？不是公狐沒咬到要害處，也不是公狐缺乏一下咬斷鵝頸的本領和力氣，恰恰相反，是公狐故意含而不咬，故意給青寶一個掙扎和哀叫的機會，目的是要給豆蔻造成一個錯覺，似乎只要牠趕來救援，牠的丈夫就有可能化險爲夷、狐口脫險。這是一個陰險毒辣的計謀，一場徹頭徹尾的騙局。倘若公狐跳到青寶背上後，狠命一口咬中要害，一瞬間就讓青寶氣絕身亡，豆蔻一定不會轉身趕來救援，母狐也就不會有機會從背後躥跳到豆蔻的背上利索地咬住豆蔻的脖頸，極有可能豆蔻見大勢已去就拍拍翅膀飛逃到天空去了，讓這對紅狐夫妻在地面望天興歎。

一個陰謀連著一個陰謀，組合成連環陰謀，讓青寶和豆蔻上了一次當，緊接著又上一次當，變成連環上當。

青寶和豆蔻雙雙成了紅狐陰謀詭計的犧牲品。

我憎恨紅狐的殘忍和狡詐。

我欣賞紅狐的聰明和機靈。

七

下午，我坐著皮划艇，悄無聲息潛入湖心島蘆葦叢，近距離觀察這群疣鼻天鵝。

青寶和豆蔻已在清晨被一對紅狐夫妻謀殺，用金黃草絲編織的窩巢裡，靜靜躺臥著四枚擺成田字形的天鵝蛋。

許多成年天鵝從青寶和豆蔻的窩巢前經過，沒有哪個停下來看看這四枚可憐的天鵝蛋。這在我的意料之中。疣鼻天鵝社會沒有撫養遺孤的習俗，成年天鵝一旦發生意外，留下的雛鵝，別的天鵝家庭是不會接納的，無人照料，自生自滅。假如成年天鵝發生意外後留下的是還沒來得及孵化的蛋，更不可能會有別的天鵝來幫助孵化。

許多鳥類都這樣，親鳥遇難，鳥卵隨之滅亡。

我正準備將望遠鏡從這四枚天鵝蛋移開，突然，我看見雌天鵝紅珊瑚從漾濞湖登上島，搖搖擺擺朝蘆葦叢走去。途經青寶和豆蔻窩巢時，我感覺到紅珊瑚的神情有點異樣，其他疣鼻天鵝的眼睛不經意掃描到四枚天鵝蛋時，也不知出於一種什麼心理，眼光立刻就跳閃開去，走路的步子也明顯加快，彷彿這擺成田字形的四枚天鵝蛋是會污染視線的不祥之物。紅珊瑚就不同了，牠搖搖擺擺走到青寶和豆蔻的窩巢前，細長的脖頸彎成S狀，溫柔地端詳躺在草絲間的四枚天鵝蛋。梅里雪山暮春午後的陽光濃豔稠黏，就像塗抹顏料一樣塗抹在四枚天鵝蛋上，青灰色的蛋殼流光溢彩。我看見，紅珊瑚偏仄腦袋，將臉溫婉地貼到四枚天鵝蛋上，神情異常專注，似乎在諦聽著什麼。我相信，牠一定聽到了蛋殼裡雛鵝的蠕動和踢蹬。牠扁扁的嘴殼輕輕翕動，嘶呀嘶呀發出輕柔的呢喃聲。我心裡一陣激動，莫不是牠想扮演親鳥角色，替代青寶和豆蔻孵化這四枚天鵝蛋？我覺得這種可能性是存在的，紅珊瑚剛剛經歷喪子之痛，空缺的母愛需要填補。果然，紅珊瑚在青寶和豆蔻的窩巢前徘徊，欲進未進，一會兒仄轉臉作沉思狀，一會兒頸窩貼在蛋殼上作摩挲狀，顯得遲疑不決的樣子。別猶豫，莫徘徊，勇敢跨進窩巢去，你就成了這四枚孤兒天鵝蛋的媽媽，你的失子之痛得到慰藉，牠們也將獲得新生，這是典型的雙贏，何樂而不爲？我在心裡念叨，期待著事情眞能朝我想像的方向發展。如果紅珊瑚眞的跨進窩巢孵化青寶和豆蔻遺留的蛋，應該說不只是雙贏了，還多了一贏，我的野外考察贏得了重大突破。迄今爲止，所有文獻均無疣鼻天鵝抱養孤兒蛋的記載，鳥類專家普遍認爲，雌疣鼻天鵝不具備延伸和擴展母愛的能力，不會爲慘遭不幸的同類撫養遺孤，更不可能去爲非親生卵抱窩。看來紅珊瑚要幫我修改這條結論了。我正在暗自高興，事情突然有了變化，紅珊瑚停止了頸窩貼在蛋殼上摩挲的動作，若有所思地搖搖腦袋，似乎是要甩掉腦子裡的非分之想，然後搖搖擺擺離開青寶和豆蔻的窩巢，跑出約一百多公尺遠，蹲坐在蘆葦葉上，專心悶頭啄理胸脯上的羽毛。我注意了十來分鐘，紅珊瑚再沒朝青寶和豆蔻的窩巢張望一眼，牠似乎已忘了那四枚正焦急等待母愛的天鵝蛋。

我有點失望。看來，雌疣鼻天鵝不具備母愛延伸和擴展的能力這條結論不是那麼容易推翻的。青寶和豆蔻遺留下來的這四枚天鵝蛋，是沒有孵化出殼的希望了。

八

兩隻大嘴烏鴉，像兩片黑色的樹葉，在蘆葦叢上空盤旋了幾圈，呱呱叫著，大模大樣降落到青寶和豆蔻窩巢。

失去成年天鵝看護的天鵝蛋，就是空巢天鵝蛋。

夕陽鋪灑大地，梅里雪山輝煌壯麗，晚風吹拂的漾濞湖面金波粼粼。天鵝正在歸巢，疣鼻天鵝潔白的羽毛、紫黑的鼻疣、金黃的嘴喙與旖旎的湖光山色融爲一體，美不勝收，令人賞心悅目。大嘴烏鴉降臨疣鼻天鵝棲息地，與周圍的美麗景色極不協調。大嘴烏鴉漆黑的羽毛，就像穿著一身黑色的喪服。

我注意到，擔任哨兵的兩隻老雌鵝，明明看見兩隻烏鴉闖入棲息地並降落到天鵝窩巢，卻沒飛到空中發出報警的信號，似乎是默認了這種入侵。

大嘴烏鴉又名高山烏鴉，是一種典型的食腐動物，以啄食各種動物屍體爲生，只要有機會，也喜歡偷竊各種鳥卵。

難怪人們不喜歡烏鴉，烏鴉不僅羽毛難看，叫聲也特別刺耳，呱呱呱，呱呱呱，就好像喪鐘鳴響，聽著讓人心裡發毛，怪不得烏鴉又叫黑老鴰。

兩隻烏鴉在青寶和豆蔻的窩巢裡蹦蹦跳跳，高聲鴰噪，很高興找到了一窩鮮美的天鵝蛋。黑老鴰吃到天鵝蛋，也算是一種榮耀了。

夕陽即將沉落，疣鼻天鵝們正陸續歸巢，有的成年天鵝已把雛鵝帶回自己窩巢，有的天鵝家庭正互相吆喝著往自家窩巢走去。雖已是黃昏，但天色亮堂堂，除非是瞎子，天鵝們不可能沒發現正要糟蹋四枚天鵝蛋的兩隻大嘴烏鴉。大嘴烏鴉雖然屬於食腐凶禽，但畢竟個頭不大，與成年疣鼻天鵝相比，個頭小，力氣也小，只要有一隻成年疣鼻天鵝跳出來干預，就一定能將兩隻大嘴烏鴉從青寶和豆蔻的窩巢趕走。可我發現，左鄰右舍，有許多的成年天鵝，牠們明明看見這兩隻討厭的大嘴烏鴉了，卻裝著沒看見似的。

豔紅的夕陽塗抹在擺成田字形的四枚天鵝蛋上，陽光溫柔地撫摸青藍色的天鵝蛋，蛋殼流光溢彩，泛動生命光華。

大嘴烏鴉開始吃天鵝蛋了。兩隻大嘴烏鴉同時對付兩枚天鵝蛋。大嘴烏鴉不愧是竊蛋高手，尖利的嘴喙猛力一戳，就在一枚天鵝蛋上啄出一個洞來，土黃色彎鉤狀嘴喙伸進洞去，啄出一條黏稠的蛋清，吱溜嘬進嘴去。呱呱，大嘴烏鴉興奮地叫著：天鵝蛋味道好極了，太棒了，太棒了！

前面已經提到，青寶和豆蔻窩巢裡的四枚蛋，抱窩時間已達三十一天，正常情況下，還有四、五天雛鵝就要出殼了。這兩枚被大嘴烏鴉糟蹋的天鵝蛋裡，已不再是蛋清和蛋黃，而是已基本成形的雛鵝。我從望遠鏡裡看得一清二楚，大嘴烏鴉彎鉤狀嘴喙再次伸進蛋殼，勾出雛鵝小小的腦殼，用力一拔，將整隻雛鵝從破碎的蛋殼裡拉了出來。雛鵝還活著，小腿兒踢蹬，小翅膀抖顫，小脖兒扭動。雖然隔得遠，我什麼也聽不到，可我確信，雛鵝稚嫩的小嘴裡發出微弱的叫聲。

在疣鼻天鵝的棲息地，大嘴烏鴉展開了一場肆無忌憚的虐殺。一隻大嘴烏鴉像拆零件一樣將一隻雛鵝的翅膀給啄了下來，另一隻大嘴烏鴉則將一隻雛鵝的小腿吞進肚去。

左鄰右舍天鵝們的反應各不相同。有一家鄰居，天鵝夫妻均把頭扭到一邊去，不看大嘴烏鴉啄食雛鵝的血腥場面，大概是眼不見心不煩吧；另有一家鄰居，雄天鵝守護在窩巢前，脖子伸得筆直，警覺地望著正在虐殺雛鵝的兩隻大嘴烏鴉，張嘴抖翅，擺出一副格鬥狀，卻遲遲不見牠衝過去制止這場殘暴的虐殺；還有一家鄰居，幾隻雛鵝從窩巢伸出腦袋，好奇地向正在青寶和豆蔻窩裡施暴的大嘴烏鴉張望，雌天鵝撐開寬大的翅膀，遮擋住幾個小傢伙的視線，大概是這場面太血腥太恐怖了，幼兒不宜吧。

反正，許多天鵝目睹大嘴烏鴉正在殘害雛鵝，卻沒有哪隻願意站出來干涉。

我知道，左鄰右舍的天鵝之所以聽憑兩隻大嘴烏鴉啄食天鵝蛋，也是一種無奈的選擇。青寶和豆蔻留下的四枚天鵝蛋，雖然還有兩、三天就要出殼了，但由於親鳥雙亡，終止了孵化，小生命就在蛋殼裡畫上了句號。天氣正漸漸變得炎熱，這四枚命中注定無法變成雛鵝的天鵝蛋，用不了幾天，生命徵兆就會消失，就會變成死蛋，就會變質、腐爛、發臭，影響左鄰右舍的健康。讓大嘴烏鴉吃掉這四枚天鵝蛋，也算是消除了天鵝群的衛生隱憂。

擔當哨兵的兩隻老雌鵝，在天空上下翻飛，向正在啄食天鵝蛋的兩隻大嘴烏鴉示威。與其說兩隻哨兵老雌鵝是在威脅驅趕兩隻大嘴烏鴉，還不如說牠們是在催促兩隻大嘴烏鴉快點把這窩天鵝蛋收拾乾淨！

然而，這兩隻大嘴烏鴉不僅要享受美味天鵝蛋，還要享受吞食天鵝蛋美妙的過程，牠們呱呱叫著，慢條斯理地撕食從蛋殼裡夾出來半死不活的雛鵝。

嘖嘖，烏鴉吞食天鵝蛋，這種好事可不是天天都能碰到的。烏鴉一向被妖魔化，而視爲低賤醜陋的代名詞，天鵝都被天使化，看作高貴美麗的象徵，現在好了，在一大群美麗天鵝的注視下，兩隻大嘴烏鴉在天鵝窩巢裡大快朵頤，吞吃即將出殼的小天鵝，好威風，好氣派，好開心！那是物質和精神的雙重滿足啊！

終於，兩隻大嘴烏鴉將兩枚天鵝蛋收拾乾淨。草絲編織的窩巢裡還剩下兩枚天鵝蛋。

兩隻大嘴烏鴉在窩巢裡蹦蹦跳跳，呱呱呱高聲聒噪，似乎在發表吃天鵝蛋感想：天鵝蛋的味道確實鮮美無比，吃一個滋陰補陽，再吃一個延年益壽！吃呀吃呀吃，恨不得吃盡天底下所有的天鵝蛋！一隻大嘴烏鴉的爪子撥弄著一枚天鵝蛋，另一隻大嘴烏鴉嘴喙摩挲天鵝蛋殼，準備進行第二輪虐殺。

嘶嘶，嘶嘶，許多天鵝豎直脖頸發出嘶啞的鳴叫，整個湖心島鵝心惶惶。

兩隻大嘴烏鴉各跳到一枚天鵝蛋上，彎鉤狀的烏鴉嘴瞄準了泛動生命光華的蛋殼。

墨黑在污染潔白，醜陋在踐踏美麗，渺小在嘲弄高貴。

我很想拔出隨身攜帶的防身用左輪手槍，射殺這兩隻恣意妄爲的混蛋烏鴉，我無法容忍醜陋的烏鴉褻瀆高潔的天鵝。可我只是想想而已，畢竟我是動物學家，我不能將人類的審美情趣和價值取向硬套在野生動物身上，我更不能憑自己的好惡去干涉和改變野生動物的命運軌跡。我永遠只能是一個旁觀者，中立、客觀地觀察野生動物的生活。我雖然不喜歡渾身漆黑的烏鴉，我雖然同情高雅聖潔的天鵝，我也只能克制自己的衝動，看著醜陋的烏鴉在天鵝窩巢裡糟蹋天鵝蛋。

剩下的兩枚天鵝蛋，靜靜地躺在用草絲編織的窩巢裡，牠們沒有任何防衛能力，只能任隨命運的擺佈。

我想，這兩枚天鵝蛋很快就會像前面兩枚天鵝蛋一樣，被大嘴烏鴉啄破一個洞，殘忍地吞食掉。我沒想到，事情會在最後一秒鐘風雲突變。就在兩隻大嘴烏鴉抬起彎鉤狀嘴喙準備啄下去時，突然，嘶吭——漾濞湖傳來嘹亮的叫聲，一隻疣鼻天鵝貼著湖面快速飛行，須臾之間已飛臨青寶和豆蔻窩巢上空，沒有任何猶豫和遲疑，撲向正欲啄食天鵝蛋的兩隻大嘴烏鴉。突然之間有隻成年疣鼻天鵝飛撞過來，兩隻大嘴烏鴉沒有心理準備，嚇了一大跳，立即蹬腿起飛；大嘴烏鴉身體輕盈、起飛迅疾，騰地就飛離了青寶和豆蔻的窩巢，但還是遲了半拍，其中一隻烏鴉被那隻飛撞過來的疣鼻天鵝啄中尾羽，那隻倒楣的烏鴉呱呱呱一陣驚叫，拚命搧動翅膀，好不容易從疣鼻天鵝扁扁的嘴殼裡掙脫出來，天空飄舞三兩根黑色烏鴉羽毛。兩隻烏鴉嚇破了膽，驚慌地呱呱叫著，頭也不敢回，向梅里雪山山麓疾飛而去。那隻疣鼻天鵝不依不饒，銜尾猛追，直到把兩隻烏鴉趕出漾濞湖上空，這才飛轉回湖心島。

我很高興醜陋的烏鴉被高貴的天鵝打得落花流水，我很欽佩這隻飛衝出來捍衛天鵝尊嚴的疣鼻天鵝，我對這隻與眾不同的疣鼻天鵝極感興趣，望遠鏡始終緊緊盯隨著牠的身影。

當那隻勇敢的疣鼻天鵝降落到青寶和豆蔻的窩巢旁，我調整焦距，仔仔細細打量，我驚訝地發現，這隻勇敢向兩隻烏鴉飛撞過去的疣鼻天鵝，潔白的羽毛光鮮亮麗，嘴殼基部那塊鮮紅的瘤狀突起十分耀眼，哦，不就是我曾經關注過的雌天鵝紅珊瑚嗎？

我繼續目不轉睛觀察。

我的反應遲鈍了，其實聽到嘶吭嘶吭的叫聲我就應該知道是紅珊瑚，在疣鼻天鵝裡，唯有牠能發出如此清晰圓潤的鳴叫。

紅珊瑚跨進青寶和豆蔻遺留的窩巢，幸運的是，剩下的兩枚天鵝蛋雖被大嘴烏鴉骯髒的爪子和嘴喙撥弄過，卻毫髮未損。紅珊瑚將破碎的蛋殼清理乾淨，將殘留在草絲間的青寶和豆蔻的羽毛清理乾淨，然後將剩下的兩枚天鵝蛋小心翼翼抱攏在桔紅色的爪掌間，身體慢慢蹲了下去，火熱的胸脯緊緊貼在冷颼颼的天鵝蛋上。牠的神情專注而神聖，鮮紅如珊瑚般的鼻疣上蒙著一層聖潔的光輝。

一個疑問自然而然從我腦子裡冒了出來：在所有同類都保持沉默的時候，紅珊瑚為何要飛衝出來驅趕兩隻烏鴉？為何能改變物種的侷限，為非親生卵抱窩？

多年野外考察的經驗告訴我，在野生動物群中，個體表現出有別於其他同類的特殊行爲，就一定隱藏著特殊的動機。我想弄清楚紅珊瑚這樣做的動機。

最簡單的解釋是：紅珊瑚一雙兒女被鷹攫殺，牠濃濃的母愛沒地方寄託，剛巧同一族群中的青寶和豆蔻被紅狐獵殺，遺留下一窩孤兒蛋，雙方各有所需，於是紅珊瑚就把這窩孤兒蛋視爲己出，開始抱窩。

可再仔細想想，這樣的結論未免有點武斷。假如正是出於母愛尋求寄託，那麼在兩隻烏鴉來啄食天鵝蛋前，紅珊瑚就應該走進青寶和豆蔻的窩巢抱窩，可我明明看到紅珊瑚在青寶和豆蔻的窩巢前逗留了好一陣，甚至還用柔軟的脖頸摩挲天鵝蛋，最終卻還是離開了，這個細節至少可以證明，母愛尋求寄託並非是紅珊瑚爲兩枚天鵝蛋抱窩的主要動機，或者說不是唯一動機。紅珊瑚是在兩隻烏鴉闖進疣鼻天鵝的棲息地肆無忌憚啄食兩枚天鵝蛋後，挺身而出驅趕走兩隻烏鴉，這才開始爲兩枚天鵝蛋抱窩的。

這說明，紅珊瑚爲非親生卵抱窩與兩隻烏鴉虐殺天鵝蛋之間似乎有一種因果關係。聯想到紅珊瑚是一隻特別愛美的雌天鵝，我有一個大膽的猜想，紅珊瑚之所以能走進青寶和豆蔻的窩巢爲非親生卵抱窩，實在是出於愛美的天性。牠天生就是一個唯美主義者，追求美麗，排斥醜陋，烏鴉醜陋、殘忍、囂張的行爲，刺激了牠身爲天鵝的尊嚴，也傷害了牠美麗的心靈。牠是天鵝，高貴聖潔的化身，牠無法容忍醜對美的踐踏、惡對善的蹂躪，所以義無反顧地向兩隻烏鴉飛衝而來，拯救了兩枚天鵝蛋，也拯救了美……

當然，這只是我一廂情願的猜想，是否正確，還須實踐檢驗。

我再次將眼光投注到紅珊瑚身上，紅珊瑚又成了我觀察的重點。

九

我驚訝地發現，自紅珊瑚開始爲青寶和豆蔻遺留的兩枚蛋抱窩，牠像變了隻天鵝似的，所有的時間和精力都花在孵卵上，無論朝霞燦爛的清晨還是夕陽豔麗的黃昏，牠不再到漾濞湖梳洗打扮，也不再有興趣欣賞瑰麗的日出和輝煌的日落，愛美的天性蕩然無存。除了覓食，牠不分白天黑夜蹲坐在兩枚天鵝蛋上，神情莊重而嚴肅。我發現，紅珊瑚盡量選擇危險較少的中午時段覓食，危險較易發生的清晨或黃昏，牠從來不離開窩巢一步。有一次，我看見一隻渾身碧綠的小青蛙蹦蹦跳跳登上湖心島，一會兒便來到離紅珊瑚抱窩地方約七、八公尺的幾片草葉間。疣鼻天鵝很喜歡吃這種當地名叫翡翠蛙的小青蛙，我注意觀察，紅珊瑚嗉囊空癟癟的，正處在飢餓狀。牠身體往前傾動了兩下，身體巍巍站了起來，似乎想跳出窩去啄食那隻翡翠蛙，那是唾手可得的一頓美餐啊，可突然間牠又蹲坐下去，身體也停止了傾動，偏轉腦袋，往天空張望，晚霞映紅的天空，只有幾隻白鷺在翱翔，牠似乎放心了，又將眼光投射到翡翠蛙身上，身體傾動，巍巍站起，微張雙翅，做出撲擊姿勢，從距離上判斷，牠搖搧翅膀，助跑撲躥過去，頂多三五十秒時間，就可把這隻送上門來的翡翠蛙呑進肚去，我想牠既然已經做好了撲擊準備，應該抓緊時間實施才對。可我想錯了，牠又偏仄腦袋向天空張望，晚霞漸褪的朗朗天穹，幾隻白鷺已不見蹤影，在梅里雪山雲霧娲繞的半山腰，有一隻蒼鷹黑色的剪影風箏似地在飄飛，紅珊瑚立刻就收斂撲擊姿勢，緊緊蹲坐在兩枚天鵝蛋上，瞪起兩隻警惕的眼睛，引頸環顧四方。那隻翡翠蛙，蹦蹦跳跳，竟然又往紅珊瑚所在的位置靠近了三、四公尺，雙方相距僅幾步之遙，只要搖動翅膀快速跑幾步，就可享用到這頓鮮美的晚餐了，但紅珊瑚似乎已忘了翡翠蛙的存在，再也不看翡翠蛙。其實這個時候，那隻風箏似地在梅里雪山半山腰飄飛的蒼鷹，離湖心島還很遙遠，即使發現目標俯飛而來，沒有兩三分鐘也不可能飛到這裡來的。紅珊瑚表現得格外謹慎，寧肯放棄一頓精美晚餐，也不願冒一絲風險。便宜了那隻翡翠蛙，懵懵懂懂跳進死神門檻，又懵懵懂懂跳出死神門檻，撲通跳回到清波蕩漾的漾濞湖去了。即使在危險較少的中午時分離巢覓食，紅珊瑚也從不跑遠，大多就近取食，以減少離巢的時間。疣鼻天鵝是雜食性禽類，既吃水生植物，也吃魚蝦螺蚌等各種葷腥，比較起來，魚蝦螺蚌營養豐富，口感也更鮮美，爲疣鼻天鵝食譜的首選。疣鼻天鵝除了晚上睡覺，白天絕大部分時間泡在漾濞湖裡，就是在尋尋覓覓啄食魚蝦螺蚌。我注意到，自從抱窩後，紅珊瑚就極少到漾濞湖去捕食葷腥，肚子餓了就啃吃水邊的蕨芨、馬蘭頭、紫苜宿和各種水生植物，有時附近可食植物稀少，牠就將嘴喙伸到爛泥裡撕食蘆葦根。蘆葦根看起來白嫩嫩脆生生，但有股苦澀味，屬於疣鼻天鵝食譜中的粗糧，非饑荒不食，且掘取有一定難度，嘴喙要伸進爛泥很深的地方才能搆到脆嫩的根系，紅珊瑚常去掘食蘆葦根，金黃的嘴喙、鮮紅的鼻疣和眼瞼部位的羽毛都被爛泥弄得污濁不堪。有兩次牠外出覓食，來到漾濞湖邊，看見湖邊淤泥裡有三兩條擱淺死亡的小魚，已腐爛變質，散發一股臭味，吸引一大群嚶嚶嗡嗡的綠頭蒼蠅。要是在過去，別說是已腐爛變質的小魚，即使淤泥裡有一條還在蹦躂的泥鰍，紅珊瑚也會不屑一顧地離去，牠可不願意為了區區一條小泥鰍而讓黑色淤泥弄髒自己潔白的羽毛，牠寧願多辛苦一點，到清泠泠的漾濞湖捕捉魚蝦；可現在，牠像淘寶人意外發現了寶物，兩眼閃爍興奮的光芒，毫不猶豫跳進汙黑的淤泥裡，轟開討厭的綠頭蒼蠅，搶也似的將三兩條腐爛變質的小魚吞進肚去，等牠從淤泥裡走出來時，腹部羽毛、半邊翅膀和尾巴，都被污泥染黑了，臉上也黏了點點泥星，不再是美麗非凡的貴夫人，倒像是邋裡邋遢的乞丐婆。牠也不願跳到漾濞湖去清洗一下，立刻又急匆匆趕回窩巢，將腹部的羽毛在蘆葦葉上擦拭了幾下，又像雕塑般蹲坐在兩枚天鵝蛋上。

單身抱窩的雌疣鼻天鵝，在孵卵期間，大多都會撿食平時不屑一顧的爛魚死蝦，盡量縮短離巢時間，這有兩方面的好處，一是可以將蛋被其他動物盜食的危險性降到最低，二是可避免因孵化中斷而影響卵的生長發育。

看來，紅珊瑚正在脫胎換骨向傳統型雌天鵝轉換。僅僅四、五天時間，紅珊瑚就容顏憔悴，瘦了一圈。

皇天不負苦心人，皇天也不負苦心鵝，第六天上午，青寶和豆蔻遺留的兩枚蛋變成兩隻毛絨絨雛鵝。全世界鳥類按發育模式可分兩大類，一類是晚成鳥，出殼時肉團團光溜溜，眼睛睜不開，也不會走動，要親鳥嘴對嘴渡食相當一段時間才會獨立生活，鷹、烏鴉、麻雀、葦鶯等都屬於晚成鳥；另一類是早成鳥，出殼時身上就覆蓋一層絨羽，幾分鐘或幾小時眼睛就能睜開，就能跟著親鳥一起外出找食，雞、鴨、天鵝、孔雀就屬於早成鳥。我從望遠鏡裡發現，中午時分，紅珊瑚就帶著兩隻雛鵝到湖邊淺水灘找食了。

雛鵝愛吃水中各種幼蟲和蝦籽魚卵。

這是我從事疣鼻天鵝研究以來，首次發現成年天鵝孵化並養育非親生卵，所以我興趣盎然地觀察紅珊瑚的一舉一動。

爲了方便寫觀察記錄，我給紅珊瑚孵化的那兩隻雛鵝分別取名叫青青和蔻蔻，以紀念牠們慘遭紅狐殺害的親生父母。

我發現，紅珊瑚的育雛行爲與其他撫養親生兒女的雌天鵝沒有什麼差別，走在路上，三步一回頭，悉心照看兩隻跟在牠身後蹣跚而行的雛鵝。有一次，在前往漾濞湖的路上，那隻名叫青青的雛鵝一不小心滑進爛泥塘，紅珊瑚立刻跳進爛泥塘去，用扁扁的嘴喙將青青從爛泥間攙扶出來。另有一次，一家子在一片水草間覓食，不知怎麼搞的，那隻名叫蔻蔻的雛鵝一條小腿被水草纏住，隨著水波起伏，蔻蔻的身體被水草拽拉著往湖底沉，紅珊瑚立即潛入水中，用嘴啄，用蹼掌扒，將纏繞在蔻蔻身上的水草扯斷。

我的藏族嚮導強巴很高興紅珊瑚身上所發生的變化，用讚賞的口吻說：「牠吸取了兒女被蒼鷹叼走的深刻教訓，改掉了光顧自己享受的壞毛病。哦，一天到晚光想著自己打扮，那叫臭美，盡心竭力撫養孩子，那叫眞美。我很高興紅珊瑚現在變成一個好媽媽了。」

牠變成了一個傳統意義上的好母親，牠再也不是那隻熱愛美、善於美、對美無限癡迷的美麗雌天鵝，牠似乎已忘了美的概念，變成一個除了撫養兒女對其他生活毫不講究的雌天鵝，對發生在紅珊瑚身上的巨大變化，我不曉得應該感到欣慰還是應該感到遺憾。

十

我怎麼也不會想到，兩個月後的一天，紅珊瑚會變成一個醜八怪。

那是盛夏一個美麗的黃昏，太陽被地平線攔腰砍斷，無垠天空和廣袤大地半明半暗半陰半陽。黑夜即將來臨，對疣鼻天鵝來說，黑夜意味著風險和危機。在漾濞湖裡，吃飽的疣鼻天鵝，以家庭為單位，迎著迷濛的暮色，三三兩兩開始歸巢。

湛藍的天空，碧綠的湖水，豔紅的夕陽，雪白的天鵝，構成一幅油畫般的美景。

一條黑色的身影，打碎了寧靜和優美。

當時，紅珊瑚帶著青青和蔻蔻，正慢慢向岸邊游來。兩個多月大的青青和蔻蔻，已由雛鵝長成幼鵝了。小天鵝發育分爲四個階段，剛出殼至一個月左右，身上淡黃色的絨羽換成白羽，爲雛鵝；一個月至兩個半月左右，翅膀和尾部長出硬羽，鼻基部的疣贅顏色開始變深，爲幼鵝；兩個半月至三個半月，翅膀基本長齊，並能貼著水面短距離飛行，爲半成鵝；長到四個半月，翅膀長硬，能在尾羽前形成交叉，能翱翔藍天遠距離飛行，爲成年鵝。

青青和蔻蔻，身上覆蓋一層雪花似的白羽，處在幼鵝階段。

我從望遠鏡裡看到，紅珊瑚長長的脖頸彎成S形，一會兒用脖頸溫柔地摩挲青青的臉，一會兒用嘴喙輕輕地啄理蔻蔻的翼，完全是個稱職的母親，沉浸在養育子女的幸福中。

就在這時，我看見，綠瀅瀅的湖面劃出一道黑色的影子，迅速向疣鼻天鵝群游躥而來。

那黑影呈流線形，浮出水面時我看清楚了，長著醜陋的鼠臉，嘴吻間又長又粗的髫鬚，一條黑色大尾巴槳似地快速划動，哦，是一隻水獺！

水獺屬於鼬科半水棲類食肉獸，趾間有蹼，鼻孔具瓣膜，主食魚類，也吃蛙、蟹、小型哺乳類及各種水禽。疣鼻天鵝當然也包括在內，尤其是未成年的幼鵝，是水獺最喜歡攻擊的目標。

擔當哨兵的兩隻老雌鵝也發現了水獺，在空中響亮地拍打翅膀，發出報警信號。

疣鼻天鵝群驚亂飛散，成年天鵝緊緊看護著自己的孩子，紛紛往湖心島逃竄。

我曉得，疣鼻天鵝們只要能登上岸，就有辦法對付水獺，幼鵝們會聚攏在一起，成年天鵝會迅速分成兩撥，雌天鵝會圍成一個圓圈，頭朝外尾朝內，將幼鵝們保護起來，雄天鵝在低空盤飛，自上而下向水獺展開攻擊，或俯衝啄咬，或雙翼擊打，或投擲糞便，水獺只有狼狽不堪地逃之夭夭。

但只要是在水中，水獺就永遠佔據著優勢。

大大小小的天鵝，都拚命划動蹼掌，竭盡全力往湖心島退卻。

這群疣鼻天鵝共幾十隻幼鵝中，青青和蔻蔻出殼最晚，年齡最小，力氣最弱，雖然紅珊瑚在一旁聲嘶力竭地嘶吭嘶吭催促，但仍落在最後。

擔當哨兵的兩隻老雌鵝，桔紅色的蹼掌劈劈啪啪踩著水，搧動翅膀貼著水面飛行，企圖用堅硬的嘴殼和強有力的翅膀去擊打露出水面的水獺腦殼，水獺靈巧地甩動尾巴，避開哨兵老雌鵝的攻擊，唰地潛入水中……

漾瀁湖水質極佳，五、六公尺深的湖水，一眼就能望見湖底翠綠水草和五彩卵石。

水獺是動物界頂級潛泳高手，鼻孔的瓣膜能在水中自如閉合，可連續在水中潛泳五分鐘而不需換氣，我從望遠鏡裡看見，水獺流線型的身體在水底矯健翻滾，像條黑色的大魚，朝著落在最後頭的青青和蔻蔻，自下往上游躥過來。

我的心懸了起來。如果水獺登上陸地或浮在水面，成年天鵝依靠數量上的優勢，還能與水獺抗衡，但如果水獺潛水向幼鵝攻擊，成年天鵝就無能爲力了。成年天鵝雖然也能潛泳，但僅能啄食在淺水層游動的魚蝦，比起水獺來，成年天鵝的潛泳本領實在微不足道，既潛不深，時間也堅持不長。這群疣鼻天鵝裡曾發生過這樣的事：一對育雛期的天鵝夫妻，在漾濞湖遭遇一隻水獺襲擊，水獺潛至水底，自下而上發動攻擊，那對天鵝夫妻不願放棄身邊五隻活潑可愛的雛鵝，夫妻聯手潛入水中想阻止水獺行凶，結果，雄鵝剛鑽到水裡就被水獺咬斷脖子，雌鵝被水獺咬住腳桿拖入水底活活悶死，失去了成年天鵝的庇護，五隻雛鵝也很快被水獺叼進坐落在湖畔灌木叢的窩巢餵小水獺去了。所以，當面臨水獺自下而上潛泳攻擊時，成年天鵝往往會明智地選擇放棄，放棄身邊的雛鵝，無奈地飛上天空，以避免殉死悲劇。

這個時候，青青和蔻蔻離岸還有二十多公尺，是不可能搶在水獺攻擊前登上岸去的。

對青青和蔻蔻來講，死亡的陰影剎那間逼近了。

紅珊瑚顯然也看見水獺潛入水底自下而上游躥過來了，劇烈抖動翅膀，嘶吭嘶吭發出撕心裂肺的鳴叫。我想，牠要起飛了。牠起飛，就意味著牠自己脫離了危險。再厲害的水獺，也無法咬到飛上天空的天鵝。當然，牠起飛，也意味著拋棄青青和蔻蔻。但我想，這是沒辦法的事。大難臨頭，非一隻雌天鵝的力量所能夠抗拒的。牠不飛，也救不了青青和蔻蔻，只能是一種愚蠢的陪葬。我很清楚，青青和蔻蔻並非紅珊瑚親生子女，危急關頭，牠無奈地棄牠們而飛，應該不會有太大的心理障礙。事實上，在同樣的情景下，即使親生父母也會硬起心腸從幼鵝身邊飛走，更別說是沒有血緣關係的養母了。

飛吧，飛吧，沒人會責備你的膽怯與懦弱。在強敵面前，你無能爲力了。

在地面顯得較笨拙的水獺，在水裡非常靈活，身體優雅翻轉，槳似的尾巴猛烈一搖，那張醜陋的鼠臉已恐怖地出現在青青和蔻蔻身後。

兩隻擔當哨兵的老雌鵝，也在紅珊瑚頭頂盤旋，催促紅珊瑚趕快起飛。

讓我震驚的事發生了，紅珊瑚抖動的翅膀突然向上翻轉，脖子彎成C狀，這是成年天鵝即將潛入水中捕食魚蝦的典型姿態，隨即鵝頭扎進水裡，兩隻桔紅蹼掌露出水面，急遽踢蹬，身體潛入水中。我看見，紅珊瑚用身體擋住了水獺。碧綠的漾濞湖裡，一白一黑展開一場激烈的搏殺。在水裡，水獺明顯佔有優勢，輕搖尾巴，身體靈活地繞到左側，凶猛地朝紅珊瑚脖頸咬來。細長的鵝脖子，是疣鼻天鵝整個身體最薄弱的環節，一旦被水獺咬中，立刻就會失去反抗，一兩分鐘後就會窒息而亡。我爲紅珊瑚捏了把汗。紅珊瑚也意識到了危險，拚命將脖子往後仰，抬高胸脯，企圖用蹼掌去撕抓水獺的臉，但水獺的動作顯然要敏捷得多，一口咬住紅珊瑚頸窩與胸部交匯處的羽毛，紅珊瑚拚命掙扎，胸脯連皮帶毛被水獺撕去一塊，紅線似的血絲，漂上水面。

水獺靈巧地游開一些，準備第二輪攻擊。

這時，紅珊瑚只需蹼掌用力踩水，身體即可浮出水面，振翅起飛，擺脫水獺的進攻。但我看見，紅珊瑚只是伸長脖子鵝頭露出水面，換了口氣就又潛入水中，再次阻擋水獺游向青青和蔻蔻。

這一次更糟糕，水獺再次叼住紅珊瑚胸脯上羽毛，又連皮帶毛撕去一塊。

這時候我看見，由於紅珊瑚兩次冒險阻截，爲青青和蔻蔻贏得了時間，兩個小傢伙已逃上湖心島。偌大的漾濞湖裡只有紅珊瑚一隻疣鼻天鵝了。殷殷血絲不斷漂上水面。水獺大概也意識到牠原本打算攻擊的目標因爲這隻雌天鵝的頑強阻截而逃上湖心島了，不禁惱羞成怒，紅珊瑚胸脯間流出來的血絲，也進一步刺激了水獺的狩獵神經，那隻水獺變得焦慮而癲狂，黑色大尾巴快節奏舞動，在水裡上躥下潛蹦躂旋轉，頻頻向紅珊瑚噬咬。紅珊瑚一面與水獺周旋，一面踩水欲浮上水面，牠雖然胸脯被咬傷，但還能飛翔，牠肯定是想盡快鑽出水面振翅飛上天空，只要飛上藍天，牠就算脫險了。水獺似乎也知道這一點，快速游躥過來，一口咬住紅珊瑚一隻蹼掌，使勁往深水區拖拽。

紅珊瑚腦袋剛露出水面，又身不由己沉落下去。

湖心島上，好幾隻成年疣鼻天鵝振翅飛翔，貼著湖面盤旋，爲紅珊瑚助威。

完了，我想，紅珊瑚沒救了。在水中，疣鼻天鵝本來就不是水獺的對手，此時此刻，水獺咬住了紅珊瑚一隻蹼掌，往深水區拖拽，等於是在往地獄拖拽啊！

紅珊瑚沉落水中，出於求生的本能，奮力掙扎，扭動身體想用扁喙去啄咬水獺的眼睛，水獺靈巧躲閃，紅珊瑚屢屢啄空，牠只得用另一隻蹼掌撕抓水獺的臉。天鵝的蹼掌天生就不是搏殺的利器，比雞爪還不如，又是在水中，水的阻力也使威力難以發揮，雖然有幾次踢蹬在水獺臉上，卻構不成什麼威脅。

紅珊瑚迅速往水底沉落，水面冒出一串氣泡。

就在這萬分危急關頭，突然，正貼著水面盤旋，爲紅珊瑚助威的幾隻成年疣鼻天鵝裡，有一隻尾羽呈烏灰色的雄天鵝，雙翼高吊，頭朝下尾朝上，魚鷹似地撲扎進湖中。我在漾濞湖觀察疣鼻天鵝這麼久，還是頭一次看見疣鼻天鵝會以魚鷹的姿勢扎進水去。通常疣鼻天鵝在湖面的起飛和著陸有點像水陸兩用飛機，起飛時翅膀搖搧，蹼掌在水面奔走助跑，然後身體才能騰空；降落時也一樣，蹼掌先接觸水面，蹼掌在水面奔走，雙翼撐開，以減緩慣性和衝力，然後胸脯才平穩落到水裡。要不是我親眼目睹，我怎麼也無法想像體態碩大，看起來有點笨拙的疣鼻天鵝能像矯健的魚鷹一樣從空中直接扎進水裡去。

也許，在危急關頭，動物都能發揮出平時無法做到的超常能力。

尾羽呈烏灰色的雄天鵝落水點，就是紅珊瑚與水獺殊死搏殺的位置。

我認識這隻雄天鵝，我給牠取名叫烏尾雄。這是一隻六歲齡的壯年雄鵝，身世淒涼，歷經滄桑，命運多舛。牠是在單親家庭中長大的，當牠還是一隻翼羽未豐的半成鵝時，唯一的親鳥——老雌鵝在一次覓食時慘遭水獺捕殺，成爲孤兒的牠好不容易在艱難困苦中熬大，卻因爲勢單力薄，因爲尾羽呈難看的烏灰色，因爲發育時營養不良身軀相對瘦弱，遲遲找不到配偶，被迫做了好幾年「快樂的」單身漢，直到今年春天，牠到了六歲齡——進入疣鼻天鵝生命週期的巔峰，一隻名叫短嘴殼的雌天鵝才姍姍來遲走進牠的生活，夫妻聯手，孵化出三隻雛鵝，不幸的是，有一隻雛鵝第一天下水時被水草纏住腿淹死了，還有一隻雛鵝一個月大時病死了，更悲慘的是，就在前幾天，已長成幼鵝的最後一個孩子，被一隻凶蠻的水獺拖走了，那隻名叫短嘴殼的雌天鵝，憂傷過度，日夜不停地嘶嘶哀叫，兩天後，噴出兩口鮮血，氣絕身亡。

我不曉得害死烏尾雄最後一個孩子和雌天鵝短嘴殼的是不是眼下正在獵殺紅珊瑚的那隻水獺，但毫無疑問，烏尾雄與水獺有著不共戴天的血海深仇。我猜想，烏尾雄之所以冒險像魚鷹似地一頭扎進湖去，最主要的動機，就是向害得牠家破人亡的凶手復仇。

在許多野生動物身上，都能看到復仇這樣一種高級而強烈的情感。

我的望遠鏡對準了烏尾雄。

烏尾雄鑽進水裡，奮力踢蹬蹼掌，迅速游向水獺。當接近目標時，牠最大限度地彎起脖頸，然後快速將脖頸往前彈出，嘴殼瞄準水獺的眼睛擊打啄咬。水獺全神貫注對付紅珊瑚，作夢也沒想到會有一隻吃了豹子膽的疣鼻天鵝像魚鷹似的從空中直接扎進水裡向牠進攻，躲閃不及，被鵝嘴啄破眼皮，大吃一驚，一慌神嘴開張來，紅珊瑚那隻蹼掌終於從水獺嘴裡掙脫出來了。水獺還不甘心就這樣放棄，扭滾身體想來攻擊烏尾雄，這時候，兩隻擔當哨兵的老雌鵝也從空中降落湖面，牠們沒能像魚鷹似的直接扎進水中，而是採用類似水陸兩用飛機般姿勢降落到水面，但一落下來後立即潛入水中，快速向水獺圍過去。疣鼻天鵝群策群力的防禦機制發揮了效力。水獺一看這麼多成年疣鼻天鵝向自己圍過來，心裡未免發虛，且汪汪的血從眼皮傷口不斷滲出來，一隻眼睛的視線頓時變得模糊，看出去整個水底世界都變得像血一樣紅彤彤，鬥志垮了，猛地一甩槳似的大尾巴，潛入湖底，飛快地游走了。一場精采的天鵝與水獺的水底激戰，以天鵝的勝利而告終。

這時候，晚霞隱退，暮靄瀰漫，天就要黑了。四隻成年疣鼻天鵝游上湖心島。我看見，紅珊瑚是最後一個登上岸的，牠那隻被水獺咬過的左蹼掌看來傷得不輕，走路一顛一躓，歪歪倒倒，幾乎是一步一個踉蹌；登上岸來，烏尾雄和兩隻哨兵老雌鵝搖搧抖動翅膀，將身上的水珠抖乾，快步鑽進蘆葦叢去了；紅珊瑚好不容易登上岸，身體便軟綿綿蹲坐在沙灘上，再也站不起來了，再也沒有力氣走回窩巢去。

直到天黑，紅珊瑚就這樣孤獨地蹲坐在湖畔砂礫上，長長的脖子彎成S狀無力地耷落在脊背上，只有青青和蔻蔻陪伴在牠身邊，不時地用嘴殼輕輕啄咬紅珊瑚的臉，好像在感謝媽媽給了牠們第二次生命。紅珊瑚不知是昏睡了還是休克了，紋絲不動，就像是一具標本。

天很快黑了下來，濃濃的夜伸手不見五指，我的觀察不得不告一段落。

這一夜我沒能睡好，很擔心紅珊瑚能不能活下來。

十一

紅珊瑚的生命力比我想像的要頑強得多。翌日中午，火熱的陽光照耀大地，紅珊瑚就搖搖擺擺站了起來，跑到湖邊去啄食散落在砂礫上來不及跟著潮水退走的螺絲。或許是因爲失血過多的原因，牠面容憔悴，似乎衰老了好幾歲。白天光線好，我看得很清楚，牠那隻左蹼掌被咬斷了，像折斷的麥穗一樣吊在腳桿上。胸脯上連皮帶毛被水獺咬掉一大塊，露出粉紅色的肉。半個月後，左腳和胸脯上的傷口癒合了，卻給牠留下了終身殘疾，走路一瘸一拐，只能用一隻腳站立，在水面游動時，正常天鵝用兩隻蹼掌划水，牠只有一隻健康蹼掌外加一條細細的腳桿，由於受力不勻，游著游著就會偏斜，風浪稍大些，身體還會被浪打翻。起飛降落就更受影響了，別的天鵝只需十多公尺助跑就能騰飛起來，牠要三十多公尺助跑才能讓自己飛起來，且不能保證每次想飛都能順利起飛，有好幾次，牠拚命助跑拚命搖搧翅膀，企圖讓自己飛起來，但腹部剛剛脫離水面，又因力氣耗盡而跌倒在水中，降落也是如此，很難平穩著陸，常常會身不由己歪倒在水中，在湖面狼狽不堪地翻滾好幾圈，這才恢復正常的浮水姿勢。

最讓我觸目驚心的還不是這些，而是牠的容顏巨變。

左蹼掌已經斷裂，卻還沒有完全壞死，沒幾天，鮮豔的桔紅色就變成乾枯的紫醬色，吊掛在腳桿上，既影響走路，更影響美觀。胸脯那片傷口更是難看，結了一層黑色血痂，皮膚粗糙得就像長了一層牛皮癬，這層血痂似乎牽扯到了胸部的肌肉，進而也影響牠的面部表情，一走動，眼珠就往上翻，就像害了鬥雞眼一樣，挺起胸脯搖搧翅膀，胸脯上那塊發硬的皮膚就會牽拉整個面部，俊俏的臉變得哭喪般難看。

浮在水面時，湖水將牠胸脯上的血痂和斷裂的左蹼掌藏到了水下，還看不出什麼來，但只要一走上岸，到了地面，胸脯那塊醜陋的傷疤和左腿的缺陷就暴露無遺。也不知是不是我心理錯覺，我覺得牠鼻基部那塊紅珊瑚似的鼻疣似乎也失去了往日的豔麗，色澤黯然，不再有吸引視線的媚態。

生活就像個別有用心的魔術師，把最美的天鵝變成了最醜的天鵝。

我用長焦距鏡頭的照相機給紅珊瑚照了幾張相，與我兩個多月前給牠拍的照片放在一起，判若兩隻天鵝，一美一醜，形成強烈反差。

牠好像也知道自己變醜了，常表現出自慚形穢的舉動。疣鼻天鵝具有愛美的天性，尤其是雌天鵝，吃飽肚子後，會聚攏在一起，在夕陽下梳洗羽毛，整理雙翼，一個賽一個地展現自己優美的體形和潔白無瑕的羽毛，與其說雌天鵝是在集體洗澡，倒不如說是在展開一場選美比賽。許多雄天鵝會興奮地在四周游弋，垂涎三尺地偷窺雌天鵝洗澡。過去，紅珊瑚很喜歡參加這樣的聚會，樂此不疲，從不會輕易放棄這樣一個能展示自己美好形象的機會，牠一會兒抬高身體，仔細梳理曼妙的胸脯，一會兒用脖頸擦洗柔滑的雙翼，擦出一派妙不可言的風情，一會兒翹起一隻桔紅色蹼掌，美女浴足，洗出俏皮和豔麗，牠每次都在這樣的選美比賽上奪魁，將許多雄天鵝火辣辣的眼光聚焦到自己身上，這讓牠無比陶醉。現在，牠再也不參加這樣的雌天鵝沐浴聚會了，牠遠離喧鬧的鵝群，到冷僻的水域覓食，在遠離眾鵝視線的地方下水和登岸，牠甚至搬遷了窩巢，住到蘆葦叢右側一座礁石背後，礁石像屏風一樣割斷了其他天鵝的視線。過去，紅珊瑚最喜歡做的事情，就是站在湖畔的卵石上，讓平靜的湖面映照自己的倩影，就好像美人對鏡梳妝，整理凌亂的羽毛，用柔軟的脖頸摩挲美妙的胴體，搔首弄姿，顧影自憐，後來有了青青和蔻蔻，一門心思花在養育雛鵝這件繁瑣的工作上，不再刻意修飾打扮自己，但每天早晨下湖前，每天黃昏歸巢時，面對明鏡似的湖面，牠都會忙裡偷閒地瞥一眼，欣賞自己出眾的美麗。而如今，牠再沒有心情去明鏡似的湖面自我欣賞了。有一次，牠帶著青青和蔻蔻從窩巢走向漾濞湖，那是一個無風的清晨，湖面平靜得沒有一絲皺褶，紅珊瑚單腿立在湖畔一塊卵石上，無意間向平靜的湖面瞥了一眼，我當時恰巧就在附近一座礁石背後觀察，我清楚地看見，牠的眼神突然變得驚詫，扁扁嘴殼愕然張開，滿臉慌亂表情，呆呆望著明鏡似的湖面。我以爲牠看見毒蛇、蜈蚣之類不堪入目的東西了，我將望遠鏡向湖面延伸，晶瑩的湖水清澈見底，除了幾縷綠綢般的水草，什麼也沒有。牠愣了約五、六秒鐘，突然吭地發出斷吭一聲淒涼而絕望的鳴叫，撲通跳進湖去，似乎還嫌不夠，用嘴喙啄咬，用翅膀拍打，粗暴地將平靜的湖面攪得亂七八糟。我明白了，牠是在明鏡似的湖面清晰地看到了自己的醜陋，這讓牠震驚而絕望。牠之後的行爲驗證了我的猜想，從此以後，只要走到湖畔，假如沒有風，假如湖面平靜得像面鏡子，牠會扭轉脖頸，以避免看到自己在湖面的倒影，跳入湖中，立刻就將平靜的湖面打亂攪碎。

牠害怕看到醜陋的自己，害怕直視慘澹的人生。

我有一種感覺，紅珊瑚心靈受到的傷害，比身體受到的傷害更嚴重。

我完全理解紅珊瑚的心情，曾經的美麗，帶給牠太多的辛酸和痛楚。

儘管如此，紅珊瑚仍悉心照料著青青和蔻蔻，帶牠們覓食，寸步不離地守護在牠們身邊，盡一個母親的本能，爲小傢伙提供食物和安全。

我很同情紅珊瑚的遭遇，我也被牠爲救青青和蔻蔻奮不顧身與水獺搏殺而感動，我很尊敬牠，卻很難再欣賞牠。不錯，美是由賞心悅目的諸多元素組合而成的，但對一個鮮活的生命來說，嬌豔的容顏是最直觀也是最重要的美的元素。我爲疣鼻天鵝群失去了一隻最美麗的雌鵝而遺憾，甚至有一種失落感。

「我倒覺得，牠現在更像是一隻稱職的雌天鵝。」藏族嚮導強巴安慰我說。

「你是不是想說，牠外表雖然變得很醜，可心靈變得很美？」我揶揄道。

「就算我是這麼想的，難道有什麼不對嗎？」強巴問。

「如果一個女子，心靈很美，長得卻是醜八怪，你願意娶她嗎？」我反問。

「這……」強巴牙疼似地皺起了眉。

我覺得生活中，美就是價值，美就是力量。很多東西，失去了美就失去了價值，失去了美就失去了力量。

牠跟美已經絕緣，或者說牠跟外表美、形象美已經絕緣，如果硬要說牠跟美還有什麼瓜葛的話，只能說牠心靈美，而心靈美很多時候是外表醜的含蓄說法。

在我的心目中，天鵝就應該是美的化身，美的代名詞。

十二

無論是美的生命還是醜的生命，時間對每一個生命都是公平的，生活總要在時間軌道上慢慢向前滑行，日子終究是要一天一天的過。

梅里雪山短暫的夏天過去了，綠意蔥蘢的山麓，換上了金色的秋裝。秋天來臨，氣候一天天涼了下來。

隨著天氣轉涼，疣鼻天鵝群忙忙碌碌開始做各種遷飛前的準備。

疣鼻天鵝是一種候鳥，生性嬌氣，既不能適應梅里雪山嚴酷的冬天，也無法適應南方炎熱的夏天，對氣候十分挑剔。每到深秋季節，梅里雪山飄灑第一場雪前，鵝群就會飛離漾濞湖，千里迢迢飛往溫暖的南方去過冬，每到春花爛漫時，覆蓋在漾濞湖面上的冰層破碎消融，鵝群又會從遙遠的南方飛回梅里雪山。

從漾濞湖到錦繡江南某塊濕地，空中距離少說也有兩千公里。長途遷飛，既辛苦又危險，途中會遭受金鵰、蒼鷹、冰雹、狂風、鳥網、獵槍等各種天災人禍的侵害，夜晚在一個陌生的宿營地，還要防範狐狸、豺狼、靈貓、獵狗等各種食肉獸的捕殺。需要強健的筋骨、充沛的體力、矯健的雙翼和堅強的意志，才能順利到達目的地。

對群體裡的每一隻天鵝，長途遷飛都是一個嚴峻的考驗。

我從望遠鏡裡看見，每隻疣鼻天鵝都在抓緊一切機會拚命進食，積蓄營養，積蓄體力，以迎接生活的挑戰。

最忙碌的就是那批今年孵化出殼的新生代天鵝，最早出殼的那些雛鵝，經過親鳥四個半月的精心哺育，經歷雛鵝、幼鵝和半成鵝三個發育階段，已變爲成年鵝，能笨手笨腳起飛、歪歪扭扭飛翔、跌跌撞撞降落。那些做父母的從早到晚不斷催促這些剛剛學會飛行的年輕天鵝一次又一次從漾濞湖上起飛，在漾濞湖上空翱翔。有些淘氣的年輕天鵝覺得沒完沒了地飛行太辛苦了，想偷懶少飛幾趟，平時一貫慈祥的親鳥，這時候個個都變得凶神惡煞，凶猛撲飛過去，用扁扁的嘴殼在年輕天鵝背上惡狠狠啄咬，逼迫偷懶的小傢伙再次起飛。

我完全能理解天鵝父母的用心良苦。遷飛途中充滿風險，積累飛行技巧，鍛鍊飛行意志，培養飛行耐力，是何等的重要。在廣袤的天空中，缺乏經驗的年輕天鵝一旦脫隊，或者迷航，就會失去生存機會，被生活無情淘汰。對第一次參加遷飛的新生代年輕天鵝來說，多掌握一些飛行技巧，多磨礪一份飛行意志，多積聚一點飛行耐力，就意味著多一份存活下去的希望。

前面已經交代過，同樣是今年孵化的天鵝，由於出殼的時間參差不齊，因此飛行的時間也有早有晚。當蕭瑟秋風如掃帚般吹落梧桐樹上枯黃的葉子，大部分今年孵化的年輕天鵝都掌握飛行本領能遨遊藍天了，卻還有七、八隻半成鳥，因為出殼時間晚，遲遲沒學會飛行。那些遲遲沒能飛起來的半成鳥的父母，焦慮寫在臉上，整天愁眉不展，坐臥不安。每一個做父母的都知道，今年出殼的年輕天鵝，如果趕不上在鵝群南飛前學會飛行，後果會非常嚴重。有一對疣鼻天鵝夫妻，雄鵝因為脖子中央突起一塊，我給牠取名叫脖瘤雄，雌鵝兩隻翅膀在背脊上交叉得特別厲害，大半隻鵝屁股都露了出來，就像穿著一件超短裙，我就給牠取名叫超短裙，夫妻倆膝下有三個兒女，由於出殼晚而至今不能飛行，夫妻倆急得火燒眉毛，在漾濞湖抓到魚蝦，自己捨不得吃，叼到三個兒女面前，強行塞進牠們的嘴，就好像成年天鵝在給剛剛出殼的雛鵝渡食，但三個兒女都已經是半成鳥，早就過了嘴對嘴渡食階段了啊。那天半夜，我起來小解，皓月當空，能見度很高，我看見，脖瘤雄和超短裙還泡在漾濞湖裡捕食，脖瘤雄捉到一條細鱗魚，迫不及待跑回窩巢，塞進兒女嘴裡，超短裙啄到一隻青蛙，也搖搖擺擺登上岸，弄醒正在酣睡的兒女……

我知道，脖瘤雄和超短裙之所以不辭辛苦星夜捕食，是想用增加營養的辦法催促兒女快快成長，爭分奪秒，與時間賽跑，讓小傢伙搶在鵝群南飛前學會飛行。

兩天後的下午，脖瘤雄和超短裙的三個兒女，相繼歪歪扭扭飛了起來。

我當時正舉著望遠鏡觀察，當三個兒女終於飛上藍天，脖瘤雄和超短裙一會兒你啄我的臉我咬你的嘴，興奮地拍搧翅膀，好像在互道恭禧，一會兒又相擁著嘴對嘴唏唏噓噓，嗚嗚嘛嘛，好像在喜極而泣，激動得都有點神經不正常了。

可憐天下父母心。

又過了兩天，這群疣鼻天鵝裡今年出殼的五十餘隻年輕天鵝絕大多數都能夠飛翔了。

唯獨紅珊瑚養大的青青和蔻蔻，翅膀還嫌稚嫩，還無法飛上藍天。青青和蔻蔻是整個疣鼻天鵝群裡最後一窩出殼的雛鵝，當然也就最後才能飛翔。

紅珊瑚的焦慮可想而知，牠像其他雌天鵝一樣，一會兒不辭辛勞捕捉魚蝦塞進青青和蔻蔻嘴裡，用增加食物的辦法催促牠們成長，一會兒扮演凶神惡煞的角色，無情地啄咬牠們的背羽，用暴力手段威逼牠們起飛。

遺憾的是，生命發育成長是有嚴格時間表的，牠們還不到成熟的年齡，還不到翅膀硬朗的年齡，揠苗助長，根本就無濟於事。

青青兩隻翅膀竭盡全力拍搧，兩隻蹼掌劈哩啪啦踩踏，費了九牛二虎之力，身體騰空約兩公尺高，僅僅往前飛了約三十多公尺，就又落到水中。蔻蔻的情況就更不樂觀了，咬緊牙關拍打翅膀，兩隻蹼掌稀哩嘩啦踩得水花四濺，身體剛剛能脫離水面，就又撲通栽了下來。

在紅珊瑚傷心絕望的鳴叫聲中，青青和蔻蔻滿臉沮喪，躲進早已枯黃的蘆葦叢。

我觀察研究疣鼻天鵝好幾年了，以我的經驗判斷，最樂觀的估計，還要約一週的時間，青青和蔻蔻才能翅膀長硬飛上藍天。

鵝群南飛，並沒有精確的時間表，通常是以氣溫的變化決定南飛的時間，如果今年天氣暖和，梅里雪山第一場雪下得遲，就會推遲南飛的出發時間，要是今年天氣寒冷，梅里雪山第一場雪下得早，就會提前南飛的出發時間。

我暗暗祈禱，氣溫降得慢一些、再慢一些，梅里雪山的第一場雪下得遲一些、再遲一些，命運之神請再寬限七天，讓青青和蔻蔻能飛起來！

紅珊瑚的命太苦太苦，紅珊瑚遭受的磨難太多太多，牠的丈夫和親生子女死於非命，牠把全部的愛和全部的希望都寄託在青青和蔻蔻身上，爲了養大青青和蔻蔻，牠的胸脯和左蹼掌被水獺咬傷，由最美麗的雌天鵝變成最醜陋的雌天鵝，可以這麼說，牠爲青青和蔻蔻付出了全部心血乃至生命。我知道，牠現在唯一的希望和最大的心願就是看到青青和蔻蔻能搶在鵝群南飛前學會飛翔，母子三個能跟著鵝群遷飛到遙遠的南方去過冬。我希望這一次命運能特別照顧紅珊瑚，老天爺遲幾日再潑灑寒冷的雪花，讓多災多難的紅珊瑚能心想事成，能好夢成眞。

季節變化、氣象規律，不是以我的意志作轉移的。

氣溫迅速下降，天氣一天比一天冷。第三天早上起來，我的軍用帳篷上結了一層亮晶晶的薄霜。留給紅珊瑚的時間已經不多了，根據我多年積累的經驗，至多還有兩天，疣鼻天鵝群就會動身南飛。

果然不出我所料，當天中午，在深秋季節一片澹淡的陽光下，鵝群進行遷飛前的最後一項準備工作——確認權威。大大小小一百多隻天鵝都聚集在湖心島一塊平整的沙灘上，一隻翅膀特別亮就像塗了一層銀粉似的老雄鵝，佇立在一塊隆出地面約二十公分高的岩石上，所有天鵝無論雌雄老少，都用一種肅穆的表情搖搖擺擺依次走到這隻翅膀像塗了層銀粉的老雄鵝面前，用彎曲的脖頸在老雄鵝銀色的翅膀上磨蹭兩下。老雄鵝高高挺起胸脯，顯得威嚴而高貴。

我給這隻老雄鵝取名叫銀粉雄，是這群疣鼻天鵝的首領，也是這次向遙遠南方遷飛的領隊。天鵝們是在用一種獨特的方式，向領隊銀粉雄表達信任、尊重和服從。

這有點像人類出征前召開的誓師動員大會。

疣鼻天鵝群通常都由年長的雄天鵝擔當首領，尤其長途遷飛，必定是由閱歷豐富的雄天鵝領航。疣鼻天鵝不是信鴿，不會根據地球兩極的磁性來辨別方向，只有經驗豐富的雄天鵝才能輕車熟路地駕馭遷飛方向和飛行路線。讓人很難理解的是，雌天鵝似乎天生缺乏辨別方向的本領，只有年長的雄天鵝才具備為群體導航的能力。毫不誇張地說，在鵝群遷飛過程中，有經驗的雄天鵝，是整個群體的核心和靈魂，沒有富有遷徙經驗的雄天鵝領隊，極有可能會迷航，還有可能會途中找不到理想的宿營地，而遭到更多的野獸和獵人的偷襲。

龐大的疣鼻天鵝群長途遷飛，必須要有一個公認的權威來領航。

確認權威的儀式很快就結束了，疣鼻天鵝們又三三兩兩散落開來，或到蘆葦叢蹓躂，或到漾濞湖覓食。按照慣例，凡舉行完確認權威的儀式，少則六小時，多則四十八小時，鵝群就會動身南飛。

而據我估計，青青和蔻蔻最快也要四天後才能飛上藍天。

換句話說，當鵝群遷飛後，青青、蔻蔻和紅珊瑚將被迫成為漾濞湖的滯留天鵝。

我很清楚，我想，紅珊瑚心裡也一定很清楚，鵝群遷飛後，滯留在漾濞湖的天鵝將意味著什麼。失去哨兵老雌鵝的警戒，失去群體的庇護，孤零零留在漾濞湖，很容易成爲狐、獾、貓之類野獸的襲擊目標。就算僥倖沒有遭到野獸襲擊，冰雪寒流和驟降的氣溫也會奪走牠們的生命。就算運氣特別好，不僅躲過野獸襲擊，還趕在寒流來臨前學會了飛行，牠們成功飛往南方，重新融入疣鼻天鵝大家庭的可能性依然幾乎沒有，且不說沿途有金鵰、蒼鷹、冰雹、狂風、鳥網、獵槍等各種天災人禍，能不能沿著正確的路線飛到南方就是個大問題。前面已經交代過，長途遷飛，必須有富有經驗的年長雄天鵝來領航，否則極易迷航，而青青、蔻蔻和紅珊瑚，兩隻是從未經歷過長途遷飛、今年剛剛出殼的新生代天鵝，一隻是左蹼掌被水獺咬斷的殘疾雌天鵝，根本不具備沿著正確的路線飛到南方去的條件。

一句話，這三隻天鵝滯留在漾濞湖，凶多吉少，生存機率幾乎爲零。

事實上，據我觀察，疣鼻天鵝群每年都會發生滯留天鵝現象。大前年秋天，一隻名叫南極洲的雄天鵝，因翅膀被狐狸咬傷，喪失飛行能力，鵝群南遷後，被迫滯留在漾濞湖，當天夜裡，就被野貓咬殺了。前年秋天，一窩四隻新生代天鵝因出殼晚，當鵝群南飛時，還沒學會飛行，被迫滯留在漾濞湖，牠們的父母，一隻鼻疣顏色像茄子醬因此被我取名叫茄子醬的雄天鵝，和一隻身材肥壯叫胖胖白的雌天鵝，陪伴牠們四個孩子一起留了下來，很幸運，這家子躲過了野獸襲擊，四天後，四隻新生代天鵝會飛了，在一個風和日麗的下午，一家六口高高興興往南方遷飛，可來年春天疣鼻天鵝群從遙遠南方飛回漾濞湖時，我用望遠鏡仔細尋找，茄子醬和胖胖白跟隨鵝群回來了，牠們的四個孩子卻一個也不見了。去年秋天，兩隻新生代天鵝，一隻叫百合花，一隻叫白薔薇，牠們的父母在牠們一個月大時不幸慘遭狐狸獵殺，或許是從小就是孤兒的緣故，牠們發育遲緩，鵝群南遷時，牠們還不會飛，只好滯留在漾濞湖，一週後，牠們會飛了，那天清早，迎著火紅的朝霞，振翅疾飛，但傍晚時分，卻又垂頭喪氣地飛了回來，牠們沒有方向感，找不到路，在空中迷航了，不得不返回漾濞湖，當天夜晚，梅里雪山下了一場暴風雪，第二天我登上湖心島一看，百合花和白薔薇變成了兩隻冰凍天鵝……

毫無疑問，青青、蔻蔻和紅珊瑚將會步這些罹難者的後塵。

我覺得，已經可以把青青、蔻蔻和紅珊瑚從這群疣鼻天鵝的戶口冊上刪除了，如果疣鼻天鵝也有戶籍制度的話。

我在心裡歎息，老天爺很不公平，好人未必就能有好報，好天鵝也未必就有好報。

十三

我很驚訝，這個時候了，紅珊瑚還有心思談情說愛。

疣鼻天鵝以家庭爲單位，散落在湖心島和漾濞湖，有的在整飾羽毛，有的在尋覓食物，養精蓄銳，整裝待發，只等領頭的銀粉老雄鵝搖搧雄壯的翅膀沖天而起，整個疣鼻天鵝群就會搏擊藍天，踏上南遷的漫漫征程。

從早晨起，天就陰沉沉的。從九點起，天漸漸透亮。太陽正努力掃除籠罩天空的陰霾。銀粉老雄鵝威嚴地佇立在湖心島一塊突兀的岩石上，不時仰望天穹。我曉得，銀粉老雄鵝是在等待最佳出發時間，當太陽將陰霾撕裂，當陽光穿雲破霧照耀大地，銀粉老雄鵝就會第一個飛上藍天，所有的天鵝都會忠實地追隨銀粉老雄鵝一起飛翔。

鵝群南遷已進入倒數計時。

就在這時，我看見，紅珊瑚嘴裡銜著一條銀光閃閃的細鱗魚，用一種羞答答的表情，一瘸一拐向獨自在湖畔砂礫上閉目養神的烏尾雄走去。來到烏尾雄身邊，紅珊瑚長長的脖頸彎成S狀，輕柔地撫摸烏尾雄鼻基部那塊黑疣，並嘶吭嘶吭發出輕柔的叫聲。紅珊瑚由於接連不斷遭受生活的殘酷打擊，容顏未老先衰，唯一沒有變的，是那副在疣鼻天鵝裡十分罕見的清亮嗓子。聲音也是一種形象，這是牠唯一僅存的美麗資質。牠不斷嘶吭嘶吭叫，展示自己還能展示的美感。紅珊瑚銜著細鱗魚並用柔軟的脖頸撫摸烏尾雄鼻基部那塊黑疣，這是疣鼻天鵝雌雄間表達愛的心曲最典型的動作，似乎在說：你英俊的相貌、活潑的性格和高貴的氣質深深吸引了我，你是我心中的白馬王子！烏尾雄被弄醒了，驚訝地望著紅珊瑚。

我完全理解烏尾雄的驚訝。疣鼻天鵝有嚴格的發情期，通常都是在萬物復甦的春天，從南方回到漾濞湖後，才展開求偶擇偶活動。就算早戀，那也應該是在南方水鄉往梅里雪山遷飛的途中，少女懷春，君子好逑，比翼齊飛，到了漾濞湖，遷飛成功了，愛情也成熟了，喜結連理，永結同心，生兒育女，白頭偕老。現在只是深秋季節，冬天還沒到，春天更遙遠，離疣鼻天鵝的發情期還早著呢。就算早戀，也沒早到這個程度的啊！

烏尾雄一時沒回過神來，望著紅珊瑚發怔。

紅珊瑚又向前跨了一步，神情妖嬈，抬起嘴殼，用叼在嘴殼上的細鱗魚輕佻地拍打烏尾雄的臉頰。這無疑是一種明顯的挑逗，或者說是一種明顯的追求。似乎在說：親愛的，你肚子餓了，是嗎，那就請你張開嘴，讓我們一起來分享這頓美餐！

在疣鼻天鵝群，將自己獲得的食物與一個異性共同分享，意義遠遠超出了進食本身，象徵著兩顆心在漸漸靠攏。

毫無疑問，紅珊瑚在積極主動向烏尾雄示好，或者說在積極主動向烏尾雄投懷送抱。

顯然，紅珊瑚的行爲背離常規，屬於非正常舉動，我的動物行爲學知識告訴我，動物非常舉動肯定隱藏著非常動機。聯繫到紅珊瑚目前的困境，聯繫到鵝群即將南遷的現實，我不難猜測紅珊瑚之所以要這麼做的理由。牠要施展雌性的魅力，讓烏尾雄放棄與鵝群一起南遷，留在漾濞湖，留在牠身邊，留在青青和蔻蔻身邊，抵禦滯留的風險，並在青青和蔻蔻學會飛行後，帶著牠們沿著正確的路線去追趕鵝群。這是拯救青青和蔻蔻唯一的辦法。

我不曉得烏尾雄會不會接受這份愛，我緊張地注視著烏尾雄。烏尾雄愣了幾秒鐘，突然回過神來，喜孜孜地張開嘴，叼住了送到面前的細鱗魚。

按理說，此時此刻鵝群即將起航南遷，在這樣一個重大事件面前，雄天鵝即使受到異性誘惑，也不會有心思去積極回應的。但烏尾雄是個例外。我想，這和烏尾雄特殊的身世有關係，烏尾雄從小是個孤兒，更渴望溫情。還有一個原因，烏尾雄是喪偶的鰥夫。俗話說光棍難熬，曾經品嘗過愛情的甜蜜，曾經享受過家庭的溫馨，所以找老婆的心情特別迫切，也更容易受雌性的誘惑。

我很高興烏尾雄能接受紅珊瑚的愛，爲紅珊瑚分擔苦難，幫紅珊瑚擺脫困境。

一條閃著銀光的細鱗魚，一半在紅珊瑚嘴裡，一半在烏尾雄嘴裡，嘴對嘴分享美食，浪漫得就像在熱戀。細鱗魚成了愛的信物，只要烏尾雄把半條細鱗魚吞進肚去，就像接受了信物一樣，兩顆心就算被愛的紅絲線緊緊拴在了一起。

烏尾雄興奮得雙翼顫抖，兩隻眼睛流光溢彩，燃燒著激情的光芒。牠一面啄食細鱗魚，一面含情脈脈地注視著紅珊瑚。

突然，讓我震驚的事情發生了。烏尾雄的眼光落到紅珊瑚的胸脯上，轉瞬又落到紅珊瑚那隻殘廢的左蹼掌，挑剔的眼光在這兩個醜陋的部位跳過來又跳過去，顫抖的雙翼平靜下來，眼睛裡激情的光芒也瞬間熄滅，張開嘴，將差不多已吞進喉嚨去的半條細鱗魚吐了出來，怪模怪樣嘶地叫了一聲，扭頭快步離開紅珊瑚，撲通跳進漾濞湖，頭也不回地游走了。

烏尾雄看見了紅珊瑚身上的醜陋，匆匆關閉了愛的心扉。

其實我早就料到會有這樣的結果，我觀察研究疣鼻天鵝多年，這種美麗的游禽，具有強烈的愛美天性，欣賞美，追逐美，苛求美，這一點在求偶擇偶活動中表現得尤其突出。曾經有一隻雌天鵝，上下嘴殼先天錯位，無法將嘴殼閉攏，口水常從嘴角流出來，我給牠取名叫歪嘴姑娘，雖然五官看起來有點醜，卻不影響捕捉魚蝦，飛行姿勢也很正常，但就是這樣一個小小的缺陷，讓所有雄天鵝望而卻步，許多雄天鵝寧願打光棍也不願娶牠，可憐的歪嘴姑娘，活到十二歲，到死也是個老姑娘。另有一隻雄天鵝，年輕時遭遇一隻大烏龜襲擊，被大烏龜咬掉了尾羽和大半部屁股，屁股從此不再長羽毛，露出紅彤彤大半部屁股，雖然不太雅觀，但並不影響飛行，也不影響覓食，每次發情期都積極求偶，每一次求偶都以失敗告終，被迫做了一輩子「快樂的」單身漢。

一點也不誇張，疣鼻天鵝在求偶擇偶過程中對美的苛求，幾近到了偏執程度。

再看紅珊瑚，胸脯那塊牛皮癬般紫色傷疤和左腳桿下那隻烏黑的殘廢蹼掌，早已將牠美好的形象破壞殆盡，昔日的美嬌娘已變成今天的醜八怪，別說要讓一隻雄天鵝心甘情願放棄南遷留下來陪牠，就是無條件將自己白送給雄天鵝，也沒有哪隻雄天鵝肯要的啊！

不錯，牠的嗓子很清晰圓潤，但在疣鼻天鵝社會，光有一副好嗓子是遠遠不夠的，聽覺美感是次要的，視覺美感才是最重要的。

紅珊瑚呆呆望著烏尾雄遠去的背影，臉上露出失望的表情，牠閉起眼睛，不知道是在傷心還是在沉思。

我想，紅珊瑚已經山窮水盡，該放棄幻想了，認命吧，世界上很多事情，只能順勢而為，強求是求不來的。

太陽將厚厚的陰霾撕開一條口子，灑下幾縷陽光，陰沉沉的天空漸漸明亮起來。銀粉老雄鵝搖了搖翅膀，用沉鬱的眼神掃視散落在金色沙灘上的疣鼻天鵝群。我曉得，首領是在提醒牠的臣民們注意，天快要放晴了，等到雲破天開，南遷的鵝群就要啓程了。

所有的天鵝都在翹首等待。

就在這時，我看見紅珊瑚單腿跳躍，來到漾濞湖邊，撲通跳進水去。牠站在淺水灣，啄起清冷冷的湖水，梳洗身上的每一片羽毛。自從牠從醜陋的大嘴烏鴉彎鉤似的嘴喙下救出兩枚天鵝蛋，我還是頭一次看見牠如此認眞地梳洗打扮。脖頸、翅膀、尾羽，牠把每一片羽毛都擦得潔白如雪，彎頸、亮翅、翹尾，把全身所有部位都清洗了一遍。翅膀有一片羽毛被淤泥污染，怎麼也洗不乾淨，牠長長的脖子扭轉過來，扁扁的嘴殼咬住那片被染黑的羽毛，猛地挺直脖子，將那根弄髒的羽毛硬生生拔了下來。牠將鵝頭伸進湖底的細沙，使勁摩擦，一次一次又一次，潔淨的沙粒磨掉了蒙在鼻疣和嘴殼上的塵垢，煥發出鮮豔的色彩。牠那麼用心，那麼仔細，全神貫注，彷彿是在精心化新娘妝。

牠足足忙碌了半個小時，然後充滿自信地向正在湖中央覓食的烏尾雄游去。

太陽還在撕扯厚厚的陰霾，陰霾像千瘡百孔的破棉絮，陽光從千瘡百孔間灑落下來，一片明麗的陽光正好落在紅珊瑚身上，我從望遠鏡裡清晰地看到，牠金黃的嘴殼泛著一層金屬般光澤，與眾不同的珊瑚狀鼻疣紅得像跳動的火焰，身上的羽毛雪白雪白，就像穿著雲做的婚紗。牠比過去更美了，嫵媚中添了幾分端莊，自有一種成熟的風韻。

牠本來就是天才的美容師，梳洗打扮是牠的拿手好戲。

牠浮在水面上，胸脯那塊醜陋的傷疤被嚴嚴實實壓在水下，那隻殘廢的左蹼掌也深深地扎在水裡，能看到的部位是牠身體最美好的一面。

牠來到烏尾雄身邊，溫柔地搖晃柔軟的脖頸，搖出萬種風情，含情脈脈地望著烏尾雄，那雙亮晶晶的眼睛，具有勾魂攝魄的力量。烏尾雄的眼光變得癡迷，巧合的是，烏尾雄剛剛抓到一條細鱗魚沒來得及呑進肚去，就立刻殷勤地將魚送到紅珊瑚嘴邊，紅珊瑚矜持地叼住半條細鱗魚。一條閃著銀光的細鱗魚，一半在紅珊瑚嘴裡，一半在烏尾雄嘴裡，嘴對嘴分享美食，浪漫得就像在熱戀，細鱗魚成了愛的信物。跟剛才不一樣的是，這次是烏尾雄向紅珊瑚遞交了愛的信物。

太陽終於掃清了籠罩天空的陰霾，太陽出來了，天氣晴朗了，銀粉老雄鵝終於氣宇軒昂振動強健的翅膀飛上藍天，一百多隻疣鼻天鵝緊隨其後，嘩啦啦飛上天空，藍天飄起一朵朵白雲，向著遙遠的南方疾飛而去，場面蔚爲壯觀。

唯獨烏尾雄像聾了瞎了似的，對銀粉老雄鵝南飛舉動充耳不聞、視而不見，黏在紅珊瑚身邊，沉浸在愛情的幸福中。

當一個如花似玉、傾國傾城的美女主動向你拋出紅繡球，誰會捨得放棄呢？

十四

鵝群飛走了，遼闊的漾濞湖只剩下烏尾雄、紅珊瑚、青青和蔻蔻四隻天鵝，昔日喧鬧的湖心島，顯得特別空曠荒涼。

紅珊瑚不愧是戀愛專家。美麗的雌性都是戀愛專家。牠一會兒與烏尾雄交頸廝磨，纏纏綿綿，忘我地進入二「人」世界；一會兒在烏尾雄耳畔竊竊私語，神神祕秘，讓愛的火焰越燒越旺；一會兒嬌嗔躲閃離開烏尾雄，甜甜蜜蜜，玩起欲擒故縱的愛情捉迷藏遊戲。

烏尾雄神魂顛倒，幸福得暈暈乎乎。嬌豔征服了牠，愛情征服了牠。

與此同時，青青和蔻蔻加緊練習飛翔。

我為紅珊瑚感到高興，牠終於如願以償，將富有生活經驗並熟悉南遷路線的烏尾雄留了下來，生活將出現轉機，起碼，青青和蔻蔻有了繼續存活下去的可能。

我爲紅珊瑚感到驕傲，這眞是一隻聰慧絕頂的雌天鵝，曉得怎樣揚長避短利用自身的優勢來達到目的。

我在爲紅珊瑚感到高興和驕傲的同時，也不禁爲紅珊瑚揑了一把汗。因爲湖水遮擋了視線，因爲湖水掩蓋了醜陋，醜八怪才變成了美嬌娘，只要一登上岸，醜陋和缺陷就會暴露無遺，美嬌娘又變成了醜八怪。那麼，愛情還能維持嗎？忠誠還能維持嗎？畢竟，翅膀長在鳥尾雄身上，牠想飛就能立刻飛走的啊！

我很快發現，我的擔心純屬多餘。

從這天開始，紅珊瑚就再沒有上岸，也沒再振翅飛翔，無論白天黑夜，牠都待在漾濞湖裡，就像是一艘小白船，永遠漂浮在水面上。

疣鼻天鵝屬於游禽，顧名思義，就是喜歡游水的禽類，在水中覓食，在水中起飛降落，必要時也可浮在水面睡覺。

兩天後，在緊張的期待和不懈的努力中，青青和蔻蔻終於翅膀長硬，學會了飛翔。再有一兩天的練習，牠們就可踏上南遷的征途了。

第三天，烏雲籠罩，北風呼嘯，天氣驟然變冷，到了中午，氣溫降至攝氏三度，並且還在持續往下降。下午兩點，烏尾雄草草結束覓食活動，登上湖心島，梳理被弄濕的羽毛。青青和蔻蔻也飛離漾濞湖，飛臨湖心島，抖乾身上的水珠。

疣鼻天鵝雖然是游禽，卻也不能永久泡在水裡，據我觀察，疣鼻天鵝待在水裡的時間和待在岸上的時間會隨著氣溫的變化而改變，如果天氣熱水溫高，疣鼻天鵝待在水裡的時間就會拉長，如果天氣涼水溫低，疣鼻天鵝待在水裡的時間就會縮短。當氣溫降至零度左右，除了覓食，疣鼻天鵝就很少下水了。疣鼻天鵝身上的羽毛雖然是很好的保暖系統，卻也有個限度，長時間浸泡在寒冷的水裡，照樣會被凍傷。

嘶嘶，嘶嘶，烏尾雄在岸邊徘徊，發出嘶啞的叫聲：哦，親愛的，水太冷，你快上岸吧，小心別凍壞了身體！

紅珊瑚用一種悠閒的姿態在湖中游蕩，嘶吭嘶吭，若無其事地回應烏尾雄的關懷：親愛的，別爲我擔心，我喜歡待在水裡，我沒事的，你放心吧！

我從望遠鏡裡看見，紅珊瑚身體在瑟瑟發抖。牠不再進食，卻仍在不停地梳洗打扮，牠的身體潔白如雪，潔白無瑕，美得沒有一絲雜質，美得沒有一點缺憾。

天黑了，湖水冰涼，任憑烏尾雄怎麼呼喊，紅珊瑚仍漂浮在水面上。牠似乎知道，對雌性來說，愛情就維繫在青春美貌上，一旦青春消失，一旦美貌不再，一旦變老變醜，愛情也就消失得無影無蹤了。

半夜，我被冷醒，加蓋了厚厚的棉被，仍有侵骨寒意。走出帳篷一看，雪花淒迷，梅里雪山深秋第一場雪降落了。我惦記紅珊瑚的安危，裹起軍用棉大衣，拉著強巴，輕輕划動皮划艇，登上湖心島。

蘆葦叢裡，烏尾雄、青青和蔻蔻擠成一團相擁而眠，互相用身體取暖，以抵禦這徹骨寒冷。我們沒有驚動牠們，我曉得，明天一早，牠們就會起程南遷，但願牠們今晚能睡個好覺，養足精神，順利完成艱難的長途飛行。

我順著湖岸尋找紅珊瑚，在湖心島尖椎形島尾，我們找到了紅珊瑚。牠還泡在水裡，就靠在岸邊，離岸只有一步之遙，卻不肯登上岸來。北風吹拂，湖水冷得扎手，湖水變得黏稠，成了半凝固的液體，氣溫繼續下降的話，半凝固的液體就會變成固體——結起一層冰。牠已經快不行了，看見我們，掙扎著想游走，身體卻在原地緩慢打轉，張嘴想叫，也已經叫不出聲來。強巴好心地將牠從湖裡抱起，輕輕放在湖邊草叢。不管怎麼說，岸上總比水裡要暖和些。強巴的手剛一鬆，牠抖抖顫顫站了起來，單腿獨立，單腿跳躍，一步一步往漾濞湖跳去。牠已筋疲力盡，跳了兩步，就跳不動了，蹲坐下來歇口氣，又頑強地站起來，單腿獨立，單腿跳躍，仄仄歪歪向漾濞湖跳去。終於，牠跳到湖邊，義無反顧地又往前一跳，跳入冰冷的半凝固的湖水。

強巴再想去抱牠，被我制止了。

漾濞湖是美麗的，牠只有在漾濞湖裡才是美麗的，牠爲美麗而活著，不美麗，毋寧死，牠寧肯生命被寒冷吞噬，也要堅守這份美麗。我們應當尊重牠的選擇。

雪飄飄灑灑下了一夜，第二天一早，山野銀裝素裹，秋裝換成了冬裝。

漾濞湖水由液體變成固體，湖面積起一層薄冰。在結冰的湖面上，紅珊瑚傲然挺立。那隻健康的右蹼掌，踩踏在冰層上，桔紅色的蹼掌格外醒目，柔軟而富有彈性的脖頸筆直翹向天空，雙翼撐滿，一副振翅欲飛的姿勢。牠紫黑的胸脯凝固在冰層下，那隻僵硬發黑的左蹼掌，也凝固在冰層下，無論從哪個角度看，只看得到牠最美的一面，絲毫也看不到醜陋和缺陷。水凝固了，漾濞湖凝固了，紅珊瑚的生命凝固了，美麗也凝固了。

這是一種懾人心魄的美，一種賞心悅目的美，一種淒豔孤傲的美，一種清純優雅的美，一種超凡脫俗的美，一種驚世駭俗的美。

上午九點，雪停了，太陽出來了。這是兩場雪之間一個短暫的晴朗，也是滯留在漾濞湖的天鵝追隨鵝群南遷最後的機會和最後的時限，如果天氣越來越冷，如果霜凍越來越重，如果老天爺再下一場大雪，如果夜裡氣溫驟然降至零下幾度，凍傷了翅膀，牠們就是想飛也飛不走了。

在烏尾雄沉鬱的鳴叫聲中，青青和蔻蔻沖天而飛，緊隨在烏尾雄身後，向南疾飛。

我相信，有烏尾雄這樣年富力強並積累了豐富生活經驗的雄天鵝來指引航向，來保駕護航，青青和蔻蔻一定能飛往遙遠的南方，順利回到疣鼻天鵝群。

紅弟一生的七次冒險

第一次冒險：

在最後一秒鐘啄破堅硬的蛋殼，並從烏鴉嘴裡僥倖脫險。

紅弟是隻雄性大天鵝，能來到這個世界，純屬僥倖，只差那麼一點點牠就胎死腹中了。說胎死腹中顯然是說錯了，牠是隻天鵝，天鵝不是胎生動物，所以不會胎死腹中，天鵝是卵生動物，準確的說是胎死卵中，也就是差一點點死在蛋殼裡頭。

紅弟的媽媽名叫梔子花，長得像梔子花一樣潔白美麗，是隻四歲齡的雌天鵝，大天鵝四歲齡生理成熟，梔子花第一次繁育後代，很賣力地一口氣產下了五枚卵。紅弟的爸爸名叫黑土腳，一雙腳掌就像泥土一樣黑駿駿，是隻五歲齡的雄天鵝，也是第一次要做爸爸，很賣力地搬來許多蘆葦稈和短樹枝，在桑戛卡濕地一個乾燥的沙洲中央搭起一個盆形窩巢，並啄來大團大團被太陽曬成金黃的草絲，爲妻子築起一個既寬敞結實又柔軟舒適的產房。

桑戛卡濕地位於滇北高原梅里雪山南麓，面積約兩百多平方公里，佈滿沼澤、蘆葦蕩、荷花塘和草甸子，平均水深不足半公尺，大天鵝長長的脖子可伸到水底淤泥啄食貝類和各種軟體動物，最適宜大天鵝生活，可以說是大天鵝生存繁育的黃金寶地，每年春天都有上千隻大天鵝飛到桑戛卡濕地來築巢、抱窩、養育後代。

沐浴著五月燦爛的陽光，梔子花開始抱窩，黑土腳則承擔起一隻雄天鵝的責任，忠誠地守衛在窩巢旁，保衛妻子和一窩寶貝蛋的安全。

孵卵進行得很順利，第三十五天，一個暖風和煦的上午，第一隻雛鵝蹭破蛋殼來到這個世界，過了兩個小時，第二隻、第三隻和第四隻雛鵝也相繼蹭破蛋殼來到這個世界。小傢伙剛出世時，身上裹了一層蛋殼裡沾來的黏液，絨毛濕漉漉的，眼睛半睜半閉，在草絲間蠕動翻滾。窩巢裡柔軟的草絲輕輕擦拭牠們身上的黏液，太陽也伸出溫暖的舌頭舔乾牠們潮濕的絨毛。大約半個小時左右，雛鵝身上的絨毛蓬鬆開來，清亮的眼睛也活潑地睜開，能蹣跚走動了，便嘰嘰呀呀發出柔和的叫聲，催促爸爸媽媽快點帶牠們到水裡找東西吃。

吭吭，小寶貝，別著急，吭吭，小寶貝，請再耐心等一等，你們還有一個小弟弟沒出殼，等牠出殼了，媽媽馬上帶你們到蘆葦蕩去吃鮮美可口的蟲卵、魚苗還有蝌蚪！

梔子花扭動長長的脖子，用鑲著一圈黑邊的杏黃嘴殼，溫柔地觸摸圍在自己身邊的四隻雛鵝，身體卻繼續趴在窩巢裡保持一種孵卵的姿勢。

梔子花的身體底下，還靜靜躺著一枚天鵝蛋。所有家庭成員，天鵝爸爸黑土腳、天鵝媽媽梔子花和四隻已經出殼的雛鵝，都相信再過一會兒，最後一枚卵也會變成一隻活潑可愛的雛鵝，大家耐心等待著。

可是，太陽當頂，到了中午，那枚天鵝蛋仍沒動靜；日頭偏西，陽光由熾白變成桔黃，太陽成了一顆碩大無朋的金桔，梔子花身體底下的那枚天鵝蛋仍然是枚蛋！

嘰嘰，我餓死了，我要吃東西！

呀呀，我熱死了，我要去游水！

啊啊，要我們等到什麼時候呀？

哼哼，討厭鬼，怎麼賴在蛋殼裡不肯出來了！

四隻已經出殼的雛鵝等得不耐煩了，吵吵嚷嚷提出抗議。

吭吭，快了，快了，我已經聽到小寶寶在蛋殼裡蹭動，再耐心等等吧，太陽下山之前，你們的小弟弟一定能從蛋殼裡鑽出來的。梔子花不斷地用叫聲安慰四隻雛鵝。

按理說，這個天鵝家庭可以兵分兩路，雌天鵝梔子花留在窩巢繼續孵卵，雄天鵝黑土腳帶著四隻已經孵化成功的雛鵝到蘆葦蕩去游水覓食。但這個簡單易行的辦法在大天鵝社會卻根本行不通，在雛鵝出殼的關鍵時刻，雄天鵝會寸步不離地守護在妻子身邊，無論發生什麼情況，雄天鵝都不會離開，一直要等到雌天鵝孵卵結束，雄天鵝才會在前面開道，雌天鵝在後面壓陣，將剛孵化的雛鵝拱衛在隊伍中間，全家老少排成一路縱隊，到水裡去覓食。

這是大天鵝在千萬年生命演化過程中已經定型的行爲準則，是不會輕易改變的。

只有耐心等待，只有暗暗祈禱最後那枚天鵝蛋趕快變成活潑可愛的雛鵝。

遺憾的是，太陽下山了，月亮從水裡升起來了，那枚天鵝蛋仍然沒動靜。

月亮落到水裡去了，金星從樹叢裡升起來了；金星落到樹叢裡去了，太陽從山峰背後升起來了，那枚天鵝蛋仍然是枚蛋，沒有變成活潑可愛的雛鵝。

四隻已孵化出來的雛鵝等了一夜，早就餓壞了，嘰嘰呀呀吵鬧著，要爸爸媽媽趕快帶牠們到水裡去覓食。其中一隻名叫東哥的雛鵝，是兄弟姐妹中第一個出殼的，等待的時間最長，飢餓的感覺也最強烈，大概是餓極了，就去啃食窩邊的草葉，沙洲上稀稀疏疏長著幾叢狗尾巴草，葉子老韌乾澀，剛剛出殼的雛鵝嘴殼稚嫩，根本咬不動，勉強將一長條葉子嚥進肚去，嚥得兩隻小眼珠都翻白了，才嚥進去不到半分鐘，又嘔吐出來，吐得小眼珠子都發綠了，兩隻可憐的小翅膀瑟瑟顫抖，蹲在地上快站不起來了……

唉，剛剛出殼的雛鵝，稚嫩的小嘴兒，只適應呑食蝦籽、魚卵、蝌蚪和水裡嫩生生的草芽尖尖，哪裡嚥得下這老筋筋的狗尾巴草啊！

雄天鵝黑土腳也等得不耐煩了，急躁地在窩巢邊踱來踱去，吭吭鳴叫，催促梔子花終止孵卵：哦，親愛的，這最後一枚蛋，也許是出了毛病，永遠也孵不出來了，放棄吧，我們不能把時間白白浪費在一顆沒有希望的蛋上，讓四個已經出殼的小寶貝受到傷害！

雌性大天鵝通常產四到八枚卵，並不能保證每一枚卵都孵化成功，事實上，一窩卵有百分之八十的出殼率已經不錯了。

梔子花猶猶豫豫地站起來，想離開，卻又有點捨不得。牠也知道，爲了凶吉難料的最後一枚蛋，讓四隻已經出殼的雛鵝忍飢挨餓，並非明智之舉。可現在離巢而去，心裡卻又悶得慌。不管怎麼說，現在壓在牠身體底下的這枚卵，也是牠的心頭肉，凝聚了牠做母親的美好憧憬。更重要的是，經過三十五個晝夜的孵化，這枚卵已經成熟，牠火熱的胸脯貼在蛋殼上，已感覺到小傢伙正在裡面沙沙蹭動，萬籟俱寂的夜晚，牠已經能清晰地聽到小傢伙嘴殼啄咬蛋殼的嚓嚓聲。牠不知道，小傢伙爲何遲遲未能啄破或蹭破蛋殼來到這個世界，但牠知道，小傢伙活著並正努力從蛋殼裡鑽出來，只要有足夠的時間，一定能變成一隻活潑可愛的雛鵝。現在的問題是，牠已經沒有時間再等待了。牠心裡很清楚，此時此刻，放棄就意味著死亡，就意味著前功盡棄，一旦終止孵卵，小傢伙很快就會胎死卵中。

需要解釋一下，在這顆蔚藍色的地球上，凡卵生動物的小生命發育成熟，必須是依靠自己的力量從蛋殼裡鑽出來，才能存活下來，假如是外力去弄破蛋殼，小生命出殼後無一例外很快就會夭折。對卵生動物來說，依靠自己的力量啄破或蹭破蛋殼，是生命誕生必須邁過去的一道坎，是生命必不可少的洗禮。所以，再愚蠢的鳥媽媽，也絕不會去替正在蛋殼裡掙扎的小傢伙弄碎蛋殼幫助牠們出生。

掙扎求生，是卵生動物必須要經歷的人生第一課。

雌天鵝梔子花站起來朝巢外走了兩步，心裡又覺得無法割捨，忍不住又回頭望了一眼，那枚蛋被牠的身體摩挲一個多月，光滑得就像一塊羊脂玉，一抹霞光落在蛋殼上，薄薄的蛋殼呈半透明狀，裡頭有生命在蠕動，似乎馬上就要破殼而出了。牠又不忍心離去了，後跨一步，蹲了下來，將火熱的胸脯貼在最後那枚蛋上，繼續抱窩。

——哦，寶貝，媽媽已經沒有時間了，媽媽再給你最後五分鐘，你再不出殼，媽媽眞的要走啦！

這個遲遲未能破殼而出的小傢伙，就是本篇主人公紅弟。牠絕非賴在蛋殼裡不想出來，牠和其他兄弟姐妹一樣，在蛋殼裡發育成熟變成一隻雛鵝後，就渴望能從黑暗潮濕的蛋殼來到陽光明媚的世界。起碼有兩天時間，牠嘗試做出了各種努力，用腳掌踢，用嘴喙啄，用身體蹭，竭力想弄破蛋殼。可惱的是，這蛋殼太堅硬了，牠所做的各種努力均告失敗。

時間一分一秒地流失，五分鐘很快就過去了，最後那枚天鵝蛋仍靜靜躺在窩巢的草絲間，沒有出殼的跡象。

梔子花看看嗷嗷待哺的四隻雛鵝，又望望腹下那枚遲遲沒動靜的天鵝蛋，無奈地站了起來，歎息似地叫了一聲，終於決心放棄了。牠雖是隻大天鵝，但簡單的數字概念還是有的，一隻等待孵化的蛋和四隻已經出殼的雛鵝孰輕孰重，牠還是分得清的。最後，牠跨出了窩巢。

雄天鵝黑土腳在前面開道，四隻雛鵝夾在中間，雌天鵝梔子花在後面壓陣，一家子天鵝排成一路縱隊，緩慢地向遠處一塊食物豐盛的湖面前進。

還在蛋殼裡的雛鵝，對外界溫度的變化極其敏感，梔子花一跨出窩巢，紅弟立刻感覺到了寒冷，伴隨寒冷而來的還有巨大的恐懼。在這個世界上，紅弟最熟悉的就是媽媽的體溫，漫長的三十五個晝夜，牠就是貼在媽媽火熱的胸脯上，依賴媽媽的體溫，由一枚受精卵緩慢變成一隻雛鵝的，現在，牠還蜷縮在蛋殼裡，只有媽媽的體溫能給牠衝破蛋殼的力量和希望。牠本能地感覺到自己正面臨死亡的危險，媽媽離開了，媽媽的體溫消失了，蛋殼越來越冷，牠的身體也在一點一點冷卻，用不了多長時間，堅硬的蛋殼就會變成冰涼的棺材。無論如何，牠都不能讓自己憋死在蛋殼裡。出於求生的本能，牠抬起頭來用嘴喙抵住頂端的蛋殼，用腳掌踩住底端的蛋殼，身體拚命伸展開去。這是非常冒險的動作，牠的脖子快要擰斷了，腳桿也快要折斷了，全身的骨頭都要散架了，疼得幾乎要暈死過去，但牠咬緊牙關，竭盡全力伸展身體。此時此刻，牠只有一種選擇，就是立即蹭破蛋殼，從漸漸冷卻的蛋殼裡鑽出來，這是牠能活下去的唯一希望。

蛋殼爆裂，碎成兩半，一縷陽光照在紅弟臉上，刺得牠張不開眼。

在最後一秒鐘，小傢伙終於蹭破蛋殼，來到陽光明媚的世界。

鑽出蛋殼後的第一件事，就是尋找媽媽，但窩巢裡空蕩蕩，連一個同類的影子也看不見。紅弟努力伸長脖子四處張望，哦，牠看見媽媽了，媽媽正保護著哥哥姐姐搖搖擺擺往湖泊走去，離開窩巢已有四、五十公尺。

——媽媽，我已經從蛋殼裡鑽出來了，媽媽，等等我！

紅弟扯起嗓子拚命喊叫。遺憾的是，牠剛從蛋殼孵化出來，聲音微弱，又剛好處在下風口，根本傳不到梔子花的耳朵去。

一家子天鵝漸行漸遠，再走幾十公尺，就要鑽進茂密的小樹林去了。

紅弟爬出窩巢去追趕媽媽，剛爬出窩巢，就是一道陡坎，約有半公尺深，底下是堅硬的石頭，牠想跳又不敢跳，跳吧，牠連站都還站不穩，摔下去不是傷筋動骨，也起碼鼻青臉腫，不跳吧，媽媽越走越遠，牠獨自留在這裡，四周靜悄悄，靜得讓牠心驚膽寒。

牠在陡坎上踟躕徘徊，不知該如何是好。

就在這時，突然，寂靜的天空傳來翅膀振動的聲響，紅弟扭頭去看，一隻大鳥正在牠頭頂盤旋。這隻大鳥全身漆黑，只有兩隻腳桿是土黃色的，眼睛裡射出兩道凶光，模樣十分可怕。紅弟雖然還不知道這是什麼鳥，卻本能地感覺到了危險，想往草叢裡躲藏。

這是一隻梅里雪山常見的大嘴烏鴉，每到大天鵝產卵抱窩階段，便會幽靈似地在大天鵝棲息地出沒，尋找被遺棄的天鵝蛋或夭折的雛鵝。當然，如果有落單的雛鵝，大嘴烏鴉也不會放棄品嘗鮮活的雛鵝肉。

這隻飢腸轆轆的大嘴烏鴉看見剛出殼細皮嫩肉的紅弟，四周又沒有成年大天鵝看護，當然是最最理想的美餐囉，興奮得兩眼放光，「唰」地俯衝下來。

紅弟剛逃出兩步，便感覺到一道黑影已自上而下朝自己撲了過來，緊接著，又感覺到一隻尖利的爪子正企圖揪住自己的脖子，牠趕緊縮起細長的脖子，並本能地向前逃竄；牠是站在陡坎邊緣，一步跨出去，便踩了個空，從半公尺高的陡坎摔了下去。牠一驚，呀地發出一聲慘叫。

紅弟眞應該感謝這道陡坎，要是沒這道陡坎，要不是突然從陡坎上摔下去，大嘴烏鴉強有力的爪子已揪住牠細弱的脖子，鐵鉤似的烏鴉嘴剎那間就會啄穿牠薄脆的腦殼，變成大嘴烏鴉一頓豐盛的午餐了。

紅弟的這聲慘叫，傳到了梔子花耳朵裡，或許母子間確實存在神祕的心靈感應，梔子花憑著母性的直覺，立刻就定是自己的孩子出事了，牠連想都沒有想，也來不及觀察，吭地嘯叫一聲，立刻搖動翅膀騰飛起來，迅速朝窩巢飛來。

再說那隻大嘴烏鴉，朝紅弟俯衝下去卻撲了個空，飛起來想再次朝目標攻擊，已經來不及了，雌天鵝梔子花已飛了過來。大嘴烏鴉雖然尖喙利爪，但比起成年大天鵝來，體形要小得多，搏鬥起來絕對不是成年大天鵝的對手。大嘴烏鴉悻悻地聒噪兩聲，轉身飛走了。

紅弟獲救了，牠從陡坎上失足摔下來，摔在石頭上，幸運的是沒傷著筋骨，只是額頭和背脊被擦破了皮，流了點血，身上有幾塊鮮紅的血斑。

因為牠是最後一個出殼的，是一窩五個兄弟姐妹中的小弟弟，且一出殼就經歷了一場血光之災，身上的絨羽被血染紅，於是就取名叫紅弟。

第二次冒險：
痛痛快快打一架，改變受歧視的地位。

初夏的蘆葦蕩，油亮翠綠的新蘆葦從舊年枯黃的老蘆葦間嶄露出來，給桑戛卡濕地塗上一層濃重的綠色，不時有一兩隻雪白的大天鵝，雲朵似地從湛藍的天空徐徐飄落下來，景色優美得就像一幅色彩濃豔的油畫。

優美的景色並沒有給紅弟帶來好心情，恰恰相反，牠的心情糟透了，真恨不得老天爺突然下一場冰雹，把那些正在譏笑牠的小夥伴們砸得喊爹哭娘才痛快。

紅弟已經兩個月大了，大天鵝生長速度很快，兩月齡的幼鵝，翅膀已長出硬羽，肉色的嘴殼漸漸改變顏色，嘴基變成黃色，嘴端變成黑色，個頭也已有成年大天鵝一半大，已由雛鵝長成半大的幼鵝。雛鵝階段，成年天鵝寸步不離地守護在雛鵝身邊，到了幼鵝階段，成年天鵝的看護漸漸鬆解，幼鵝有了自由活動的時間和空間。幼鵝們常聚集在一起玩耍覓食，難免會發生爭吵，難免會發生摩擦，難免會發生大欺小、強欺弱的事。

紅弟是整個桑戛卡大天鵝群新生代幼鵝中最晚出殼的，晚出殼就意味著弱小，紅弟身體看起來明顯比其他幼鵝瘦小，弱小就意味著受欺負。小夥伴們聚在一起覓食，發現一叢嫩生生的水草芽芽，大家擁過去爭搶，形成一個爭食圈，紅弟體瘦力弱，常常被擠到爭食圈外，只能眼巴巴看著別的幼鵝啄食鮮嫩的水草芽芽。雄性幼鵝喜歡玩打鬥的遊戲，你追逐我，我追逐你，你啄我一口，我打你一下。雖然是遊戲，但遊戲是生活的預演，雄性幼鵝之間的打鬥，其實是在為將來各自的社會地位提前進行排序。

不幸的是，紅弟扮演了一個可以被任意欺凌的可憐角色。

大家一起在浮水，追逐在水面飛翔的紅蜻蜓、花蝴蝶，正玩得高興，冷不防就會衝出一隻雄性幼鵝，毫無緣由地扭住紅弟撕打，或者用翅膀搧打耳光，或者用嘴殼啄牠的背，迫使牠逃竄，攻擊者就會興奮地呀呀歡叫。在眾多欺負牠的雄性幼鵝中，有一隻名叫濁濁的傢伙做得特別過分。濁濁是整個桑戛卡大天鵝群新生代幼鵝中最早出殼的，身材高大，體格強健，嘴基的黃色與嘴端的黑色混雜在一起，整個嘴殼顏色看上去有點混濁，所以叫濁濁。這傢伙天生霸道，一見到紅弟就會衝過來啄咬搧打，似乎把欺負紅弟當作自己每天必修的課程了，一天不欺負紅弟心裡就不舒坦。更可惡的是，濁濁還別出心裁發明了一種新式欺負法，專門用來欺負紅弟。濁濁會游到紅弟身邊，突然用扁扁的嘴殼咬住紅弟後腦勺上的羽毛，然後用力將紅弟的腦袋往水裡按。紅弟的力氣小，拗不過濁濁，腦袋被迫沉到水裡。大天鵝雖然屬於游禽，天天生活在水面上，但並不善於潛水，腦袋悶到水裡頂多兩分鐘就要浮出水面呼吸，不然就會憋死。濁濁將紅弟腦袋悶在水裡後，整個身體壓在紅弟脖子上，紅弟根本無法掙脫，每一次都要悶一分多鐘，紅弟憋得難受極了，拚命踢蹬雙腳，拚命拍打雙翅，弄得水花四濺，逗得四周看熱鬧的幼鵝們嘻嘻哈哈，濁濁這才鬆開嘴殼放紅弟一馬。

紅弟當然恨濁濁，恨不得一口一口把濁濁身上的羽毛全拔光。牠無數次想像自己如何英勇頑強地與濁濁搏鬥，把濁濁打得落花流水，癱倒在沙灘上站不起來，牠洋洋得意地騎在濁濁背上，一根一根將濁濁身上的羽毛啄咬下來……假如意念可以拔毛，濁濁早就變成一隻赤膊天鵝了。遺憾的是，想像代替不了現實。

紅弟也曾試圖反抗，但牠根本就不是濁濁的對手，一交手就被打得屁滾尿流，而且每一次反抗都會遭來變本加厲的欺凌。有一次，濁濁又無緣無故欺負紅弟，紅弟憤怒地叫了兩聲，壯起膽子用嘴殼還擊了兩下，結果濁濁將紅弟悶在水裡長達兩分鐘，紅弟被灌了好幾口水，當濁濁鬆開後，紅弟兩眼翻白，半死不活漂在水上，吐了好幾口水，在太陽下曬了一個多小時，才算緩過勁來。

久而久之，紅弟失去了反抗的勇氣，小夥伴們聚在一起玩耍，牠都知趣地躲到一邊，形單影隻，自己跟自己玩。尤其見到濁濁，避之唯恐不及。老遠見到濁濁，掉頭便走，就像見著瘟神一樣。然而越是這樣，瘟神卻越纏著牠不放。

俗話說惹不起躲得起，但倒楣的紅弟卻連躲也躲不起。

就在剛才，一大群幼鵝在蘆葦叢玩耍覓食，紅弟在離牠們四、五十公尺遠的一塊水域孤獨地遊玩。牠很幸運，游到一叢水草邊，翡翠般透明的水草葉子下突然蹦出一條約兩寸長的小鰱魚，牠眼疾嘴快，將小鰱魚咬住了，小鰱魚叼在嘴殼上搖頭甩尾掙扎，魚鱗在陽光下金子似地閃閃發亮。就在這時，濁濁突然兩隻蹼掌划槳似地拚命划水，快速游了過來，貪婪的眼睛瞄著牠嘴殼上的小鰱魚，欲行搶奪。紅弟當然不樂意已經含在嘴裡的食物被搶走，眼看著濁濁迎面衝了過來，便立刻單掌划水，身體九十度旋轉，在轉身的同時，將小鰱魚吞進嘴去。畢竟是只有兩個月大的幼鵝，喉嚨還比較細，吞嚥兩寸來長的小鰱魚並不容易，吞進嘴後，腦袋一弓一弓，細長的脖頸鼓起一坨，慢慢將小鰱魚嚥下去。

通常爭搶食物，當食物還叼在嘴殼間時，別的幼鵝會覬覦美食而來搶奪，可一旦將食物嚥下嘴，搶奪行爲就會終止。東西都已經嚥進去了，你還搶什麼搶呀！

然而，當紅弟將小鰱魚吞進嘴後，濁濁卻仍不甘休，憑藉身高體壯的優勢，咬住紅弟後腦勺上的羽毛，將紅弟腦袋深深悶進水裡，整個身體還野蠻地壓在紅弟背上，兩隻強有力的蹼掌猛踢紅弟的頸窩。紅弟悶在水裡無法呼吸，更無法將卡在喉嚨口的小鰱魚吞嚥下去。濁濁的用意很明顯，是要迫使紅弟將已嚥到喉嚨的小鰱魚吐出來。紅弟當然不願意，閉緊嘴殼，拚命掙扎，但濁濁的力氣比牠大，牠腦袋悶在水裡無法掙脫，時間一長，紅弟憋得快要窒息了，沒法不張開嘴，一串串氣泡從紅弟嘴殼吹了出來。牠也不曉得自己被灌了多少口水，肚子似乎快要被灌得爆炸了。那條小鰱魚還卡在喉嚨間沒能嚥下肚。突然，濁濁鬆開了嘴，出於本能的反應，紅弟腦袋立刻彈出水面，嗉囊痙攣，不斷往外吐水，濁濁則張大嘴殼啄咬紅弟下頷處的脖頸。大天鵝脖子很長，粗細並不一致，在下頷處那截脖頸最細，如果將大天鵝那條長脖子比喻成酒瓶的話，下頷處那截脖頸就像是瓶頸，那條小鰱魚就卡在那個部位。隨著不斷往外吐水，又被濁濁使勁啄咬，噗地一聲，那條小鰱魚吐了出來。小鰱魚還沒有死，翻著白肚皮在水面扭動。濁濁一口就將小鰱魚咬住，就像炫耀戰利品一樣，高高豎起脖子昂起腦袋，小鰱魚在濁濁的嘴殼間搖頭甩尾，金色魚鱗在陽光下閃閃發亮。

將別的幼鵝已經吞進嘴裡的食物搶奪過來，這算得上是一個發明創造了。

幼鵝們圍著濁濁呀呀嘎嘎叫，像是在讚美一位凱旋的英雄。

在幼鵝們欽佩的目光中，濁濁得意地將那條小鰱魚吞進肚去。

紅弟縮在一旁，還在不停地往外吐水。這時候，又有一隻名叫嚓嚓的雄性幼鵝游了過來，嚓嚓天生嗓子有點嘶啞，叫起來嚓嚓嚓，故取名叫嚓嚓。嚓嚓也是個淘氣鬼，大概覺得紅弟是人人都可以隨便欺負的可憐蟲，不欺負白不欺負，也可能是想透過欺負紅弟來展示自己的英雄氣概，竟然也學著濁濁的樣，啄咬紅弟的後腦勺，把牠的腦袋悶進水裡，弄得牠快要窒息，這才興高采烈地放掉牠。

雖然是孩子氣的惡作劇，但紅弟仍感覺到死去活來的痛苦。

紅弟躲進蘆葦叢背後那塊荒涼的水域，才算擺脫了可惡的糾纏。

透過蘆葦葉子的縫隙，紅弟看到幼鵝們正在戲鬧玩耍，大天鵝是一種群居性禽類，喜歡合群而不喜歡獨處，牠獨自躲藏在蘆葦叢背後，感到十分孤獨，很想和小夥伴們平等地玩耍，可牠不敢過去，牠害怕再次受到作弄和欺凌。

有兩隻雌性幼鵝正在追逐遊戲，一隻名叫小豆子，一隻名叫湯湯，牠們你追我攆，漸漸游到蘆葦叢背後來了。紅弟正寂寞難耐，牠太想有個玩伴了，便啄了一株水草，從蘆葦叢裡游出來，搖搧翅膀，做出歡迎的姿勢：哦，我們一起玩吧，誰能追上我，這株嫩生生的水草就歸誰所有了！

紅弟的突然出現，讓小豆子和湯湯吃了一驚，但當牠們看清是紅弟時，臉上露出鄙夷的表情，扭頭游走了。

紅弟傷心至極，牠明白小豆子和湯湯爲何對牠不屑一顧，牠在同齡小夥伴中是最弱小的一個，不僅體格瘦小，還是精神上的弱者，誰都可以欺負牠，誰都可以拿牠當出氣筒，是個標準窩囊廢，誰會樂意和一個窩囊廢在一起玩呀！

突然間，紅弟就萌生了要和濁濁打一架的念頭。牠不願做出氣筒，不願做窩囊廢，不願做被其他幼鵝踩到腳底下的可憐蟲，牠更不願意孤零零的一個人躲在蘆葦叢背後玩，牠想回到小夥伴裡去，平等的快樂的和大家一起玩。牠只有一個辦法，就是鼓起勇氣去和濁濁打一架，把濁濁打敗，讓濁濁今後再也不敢隨便欺負牠。一想到要去和濁濁打架，紅弟就興奮得兩眼發光，又害怕得渾身發抖。濁濁是新生代幼鵝中個頭最大身體最強壯的，而牠紅弟是新生代幼鵝中個頭最小身體最弱的，要和濁濁打架，眞有點雞蛋碰石頭的感覺，但牠別無選擇，要改變自己窩囊廢形象，只有這麼做。

紅弟雖然身體瘦弱，頭腦卻靈活，牠找到一個爛泥塘，尋覓到好幾條小泥鰍，將自己餵飽，然後浮在水面上打了個盹，養精蓄鋭，爲獲勝增添一點籌碼。

夕陽西下，紅弟從蘆葦叢背後游了出來，游向正聚集在一起玩耍的幼鵝群。玩了一整天，幼鵝們已意興闌珊，有點玩不動了，已準備各自散開回到父母身邊去。兩月齡的幼鵝，晚上還與父母親在一個窩裡睡覺。紅弟朝濁濁游去。濁濁和許多幼鵝一樣，也已累得無精打采，見到紅弟，伸長脖子蠻橫地呀嘎叫了兩聲，意思是說：臭小子，離我遠點，不然就對你不客氣了！紅弟昂首挺胸，一掃過去委瑣的神情，仍朝濁濁游去。對濁濁這樣妄自尊大的傢伙來說，誰在牠面前昂首挺胸，就是對牠的冒犯和挑釁。濁濁強打精神，呀呀嘎嘎叫著，氣勢洶洶朝紅弟撲了過來。

按以往經驗，只要濁濁嘯叫著衝了過來，紅弟必然會嚇得屁滾尿流，只恨爹媽少給了兩條腿，掉頭逃跑。但這一次，情況卻發生了改變。當濁濁游到紅弟身旁，還沒來得及動手，紅弟突然迎面撞了過來，嘴喙閃電般啄向濁濁的臉。濁濁毫無防備，被啄中眼皮，疼得哇哇叫。還沒等濁濁清醒過來是怎麼回事，紅弟奮力踩到濁濁背上，咬住濁濁後腦勺，使勁將濁濁的腦袋悶到水裡去。壞蛋，也讓你嘗嘗窒息的痛苦！濁濁畢竟力氣要大得多，強著脖子，紅弟用足力氣，也未能將濁濁腦袋悶進水去。紅弟索性往前一躍，將整個身體壓在濁濁脖頸上，濁濁的脖頸到底被壓彎了，腦袋悶進水裡，咕嘟咕嘟，濁濁被灌了好幾口水，水底冒起一串珍珠似的氣泡……

濁濁從慌亂中回過神來，開始還擊，嘴殼重重啄咬紅弟的臉，蹼掌拚命踩水，身體朝紅弟一波接一波衝撞，兩隻翅膀猛烈搧打。紅弟力氣小，頂不住濁濁的衝撞，身不由己往後退。但牠沒有掉頭逃跑，頑強地堅持著，也用嘴殼啄咬對方，也用翅膀搧打對方。

所有的新生代幼鵝都瞪起驚訝的眼睛觀看這場打鬥。

紅弟一隻眼皮被啄破，鮮血流進眼睛，整個世界都變成紅彤彤的，牠的嘴殼與濁濁的嘴殼不斷撞擊，有種斷裂般的疼痛，脖子又痠又脹，快要被折斷了，最難受的是兩隻翅膀，兩月齡的幼鵝翅膀上的骨頭及羽毛都沒有長硬，牠的翅膀與濁濁的翅膀互相擊打，每擊打一次都鑽心般的痛，這對紅弟來說是很大的冒險，對鳥類來說，翅膀是最重要的飛行器，倘若翅膀骨折，這輩子就與天空無緣了，可牠咬緊牙關繼續搧打，翅膀雖然珍貴，自尊更加重要，這一次，牠絕對不再退縮！

紅弟翅膀上好不容易長出來的幾根翮羽都折斷了，身上也被啄掉了許多羽毛，水面鋪著一層白色鵝毛，就像撒落了一層白玫瑰的花瓣。

也不知過了多長時間，太陽已快下山了，水面金波粼粼，紅弟和濁濁還在繼續打鬥。紅弟的力氣已經耗盡，嘴殼啄咬已失去力量，翅膀搧打也綿軟無力，只是出於一種要拚到底的決心，才機械地向濁濁啄咬搧打。濁濁也好不到哪裡去，嘴殼啄擊到紅弟臉上，輕飄飄的，根本就感覺不到疼，翅膀搧打在紅弟身上，軟綿綿的，根本就沒什麼力量。

雙方都氣喘吁吁，但仍僵持著，糾纏著，誰也不肯先退縮。

大半個太陽落到山峰背後去了，水面塗抹最後一道紫金色晚霞，許多成年大天鵝都在沙洲或小島上引頸鳴叫，呼喚自家的幼鵝歸巢睡覺。

這時候，突然飛來一隻紅蜻蜓，在紅弟與濁濁兩隻互相啄咬的嘴殼之間盤桓了兩圈，濁濁停止了啄咬，視線隨著紅蜻蜓轉動，嘎地叫了一聲，好像興趣轉移到紅蜻蜓身上去了，划動蹼掌向紅蜻蜓追去，蜻蜓點水，飛飛停停，濁濁饒有興趣地追逐那隻紅蜻蜓。

在桑戛卡濕地，紅蜻蜓是一種很常見的昆蟲，想看的話隨時都能看到。顯然，濁濁是醉翁之意不在酒，追紅蜻蜓是假，結束打架是眞，無非是要給自己找個臺階下，不想繼續與紅弟打鬥下去了。

也算是保住了一點面子吧！

說實話，紅弟早已筋疲力盡，也不想再繼續打下去了。既然濁濁游走了，牠當然也願意就此罷手。牠眼皮被啄傷，濁濁的眼皮也被啄傷，牠眼皮上的傷比濁濁眼皮上的傷嚴重得多；牠的傷口流了不少血，濁濁的傷口沒有流血；牠身上打掉了許多羽毛，濁濁身上也被打掉了一些羽毛，但牠掉的羽毛比濁濁掉的羽毛要多得多。但有一點值得安慰，牠自始至終沒有退縮，最後是濁濁主動結束打架的。

可以肯定的是，自己沒有輸，紅弟想。

紅弟正準備掉頭游往沙洲，突然，圍觀的幼鵝中一陣騷動，那隻名叫嚓嚓的雄性幼鵝，撞開其他幼鵝，嚓嚓嚓發出怪異的叫聲，快速向紅弟游來。太陽下山了，最後一抹紫金色的晚霞也從水面消褪了，暮色蒼茫，紅弟看不清嚓嚓的表情，但讓牠記憶猶新的是，嚓嚓曾經學著濁濁的樣，將牠腦袋悶在水裡讓牠差一點窒息，來者不善，肯定是看牠與濁濁打架已打得筋疲力盡，便想趁機撿個便宜，又要來欺負牠了。紅弟想打起精神來應戰，可牠的身體軟得像柳絮搓成的，已沒有一絲力氣，更糟糕的是，兩隻翅膀垂在水面，連抬都抬不起來。嚓嚓已游到牠身邊，脖子朝牠伸了過來，似乎是想故技重演咬住牠的後腦勺將牠悶到水裡去。突然間，紅弟精神崩潰了。牠受了傷，絕對不是嚓嚓的對手，嚓嚓怎麼欺負牠，牠都沒有還手之力。牠想逃跑，可讓牠絕望的是，牠連逃跑的力氣也沒有了。

也許，牠生來就是被別人踩在腳底下的可憐蟲，再怎麼努力也改變不了弱者的命運。紅弟害怕得渾身發抖，不知該如何是好。

嚓嚓的脖子貼到紅弟後腦勺了，讓紅弟驚訝的是，嚓嚓並沒朝牠啄咬，而是用下巴小心翼翼地幫牠捋順後頸部凌亂不堪的羽毛。

又有好幾隻幼鵝游了過來，吭吭嘎嘎，表示驚歎和欽佩。

紅弟的嘴殼和翅膀疼了好幾天，尤其是翅膀，無力地垂落下來，半個月後才能自如地收到背脊上去，被啄掉和被折斷的羽毛，一個多月後才長出新羽。雖然付出了沉重的代價，但紅弟一點也不後悔，牠發現，自從與濁濁打了這一架，再沒有誰敢隨意欺負牠了。有一次，牠在一片蘆葦葉上找到一隻蝸牛，濁濁就在牠身旁，但濁濁沒過來搶，裝著沒看見，把頭扭開游走了。還有一次，牠吃飽肚子浮在水面午睡，懵懵懂懂覺得嘴殼癢絲絲的，似乎有隻小蜜蜂落到了嘴殼上，牠甩動腦殼，奇怪的是，小蜜蜂仍在牠嘴殼上爬來爬去，牠睜開眼睛，嘖嘖，根本沒有什麼小蜜蜂，而是小豆子和湯湯兩隻小雌鵝，銜著一根草絲，在撓癢癢逗牠玩……

也許適當的冒險，才能換來自己想要的生活。

第三次冒險：

勇往直前，在金鵰的血腥攔截中闖開一條生路。

轉眼到了秋天，紅葉滿山，綠草地變得金黃，清早起來，樹葉和草葉上鋪了薄薄一層清霜。天氣轉涼，到了大天鵝南遷的日子。

大天鵝屬於候鳥，每年秋天從滇北高原梅里雪山遷飛到遙遠的江南水鄉過冬，每年春天又從遙遠的江南水鄉飛回梅里雪山繁衍後代。

大天鵝世世代代嚴格按照這張時間表生活。

這個時候的紅弟，翅膀已漸漸長硬，個頭已有成年大天鵝三分之二大，已學會飛行，已由幼年跨入青少年，用專門的術語來說，就是已由幼鵝成長爲一隻半成鵝了。

這天早晨，當太陽金色的光線撕碎籠罩在桑戛卡濕地上空的霧嵐，那隻名叫蝴蝶嘴的雄天鵝仰天長嘯三聲，撐開雙翼，長長的脖子筆直伸向前方，兩隻蹼掌在水面劈哩啪啦一陣猛踩，助跑了約二十多公尺後，雙翼急遽搖搧，身體騰空而起，在桑戛卡濕地上空盤旋了幾圈，逕自往南飛去。蝴蝶嘴是桑戛卡大天鵝群的首領，也稱頭鵝，嘴殼特別寬大，黑黃相間的嘴殼兩側朝上翻捲，看起來就像一隻展翅飛翔的蝴蝶，因此取名叫蝴蝶嘴。

頭鵝的行為具有很強的示範效應，所有大天鵝紛紛跟著蝴蝶嘴起飛了。

雪白的大天鵝在湛藍天空飛翔，就像無數朵潔白的雲。

桑戛卡大天鵝群一年一度的南遷正式拉開了序幕。

從滇北高原的梅里雪山飛往江南水鄉，整個旅程約三千公里，途經雪山、峽谷、江河、湖泊、田野，途中要在三個地方宿營，將面對風霜雨雪、凶禽猛獸、獵槍獵狗的種種挑戰，對每一隻大天鵝來說都是一次危險的長途飛行，尤其對當年孵化出來、翅膀還沒完全長硬、剛剛學會飛行、沒有任何長途飛行經驗的新生代半成鵝來說，是艱難的人生第一課，是一場嚴峻的考驗。

據統計，約有百分之三十以上的新生代半成鵝會在第一次南遷途中夭折。

紅弟和許多新生代半成鵝一起跟隨著龐大的鵝群，按照既定的路線往南疾飛。

很快，紅弟就懂得了什麼叫生存不易。

飛離桑戛卡濕地，鵝群沿著梅里雪山那條神祕的白蟒峽谷飛行。梅里雪山在當地被稱爲神山，雖然沒有喜馬拉亞山高，但人類登山運動員無數次登上珠穆朗瑪峰，卻從沒有人征服過梅里雪山，可以這麼說，梅里雪山卡瓦格博雪峰是迄今爲止地球上唯一未被人類的腳践踏過的一塊聖土。梅里雪山氣候變幻莫測，剛才還晴空無雲，突然陰霾密佈，氣溫驟降，飄灑起細密的雪花。不知是因爲高空缺氧，還是因爲遭遇了強氣流，那隻名叫湯湯的小雌鵝飛著飛著突然身體在空中打旋，就像在跳華爾滋舞，慘叫一聲筆直地從高空墜落下去。

天快黑時，鵝群來到黔東南的門薩湖泊，準備在那裡過夜，頭鵝蝴蝶嘴在門薩湖泊上空兜了兩圈，選擇了一條由西向東的路線，率先降落下去，其他天鵝亦步亦趨地追隨蝴蝶嘴降落門薩湖泊。就在天鵝們滑翔降落時，那隻名叫嚓嚓的小雄鵝，不知是出於好奇還是因爲飛了一整天實在太累了，不願再繞到西邊去降落，而是抄了近路，從東邊的一片樹林上空往下降落，當牠從兩棵大樹間滑翔而下時，令天鵝毛骨悚然的事發生了，嚓嚓突然間就在空中停頓了，痛苦地翻滾，拚命拍打翅膀，嚓嚓嚓發出嘶啞恐怖的嘯叫，翼羽下雪似地紛紛飄落，但身體就吊在半空不掉下來。

不幸的嚓嚓，自以爲可以抄近路，聰明反被聰明誤，撞在了獵人懸掛在兩棵大樹之間的鳥網上。

狡猾的獵人最愛在鳥類通行的鳥道上張網捕捉途經的飛鳥。

大天鵝的眼睛是很難發現用透明尼龍絲編織的鳥網的。

隨著嚓嚓落網，樹林裡響起一陣接一陣的獵狗吠叫聲。

鵝群心驚膽戰，不得不飛離門薩湖泊，到距離門薩湖泊約二十公里外的六盤江江心的一片沙洲宿營。豐水季節，沙洲四面環水變成一座島；枯水季節，沙洲三面環水變成一座半島。現在正是枯水季節。夜濃得像團化不開的墨。鵝群剛降落下去，就聽到呦呦狐囂，好像在對送上門來的美味天鵝肉致歡迎詞。狐也是大天鵝的主要敵害之一，桑戛卡大天鵝群不得不加強警戒，所有成年雄鵝頭朝外尾朝內圍成一個大圓圈，將雛鵝和新生代半成鵝圍在圓圈內。狐雖然具有尖爪利齒，但成年雄鵝堅硬的喙和強而有力的翅膀也會讓狐望而生畏，一隻狐是很難與多隻成年雄鵝匹敵的。一夜安寧，狐沒敢襲擊嚴陣以待的鵝群。黎明時分，天麻麻亮了，那隻名叫小豆子的小雛鵝，大概是餓極了，又覺得一夜安寧，天就要亮了，也許討厭的狐不會再來了，就溜出成年鵝的護衛圈，到江邊的砂礫去啄食螺絲。

牠剛剛刨開潮濕的沙子找到一顆螺絲，突然，左側一叢蒿草裡閃出一道紅光，一隻毛色豔紅的狐，飛快躥了出來，小豆子只顧著找螺絲吃，根本沒有防備，被藏在蒿草裡埋伏了整整一夜的狐一口咬住脖子，可憐的小豆子，只來得及發出半聲驚叫，就成了狐爪下的冤魂。等到成年雄鵝聽到異常動靜趕過來救援，狡猾的狐早就逃到岸上的亂石灘，鑽進洞穴去了。

太陽升起來，鵝群繼續往南飛。

接二連三目睹小夥伴罹難，紅弟變得更爲謹愼，一步不離地跟隨鵝群飛翔，牠知道，只有和鵝群一起飛才是最安全的，離開鵝群就有可能遭遇意想不到的危險。

中午時分，桑戛卡大天鵝群飛臨大黑山，這是南遷途中最危險的一段路程。大黑山，光聽地名就含著凶險，鋸齒狀的陡峭山頂漂浮著一片片黑雲，透出一股殺氣。大黑山一帶常有金鵰出沒，對南遷的鵝群構成了極大的威脅。金鵰屬於大型猛禽，雙翼展開可達兩公尺，異常凶猛，甚至敢從狼群中捕捉狼崽；金鵰的爪子遒勁犀利，一把即可掐斷大天鵝的脖子，是大天鵝南遷途中最主要敵害。

鵝群肅然無聲，只有翅膀振動的呼呼聲響。每一隻大天鵝都在竭盡全力快速疾飛，希望能盡快飛越這片凶險莫測的大黑山。

突然，呀——天空傳來一聲尖銳的鵰嘯，一隻金鵰穿過雲層迎面向鵝群撲了過來。陽光照在金鵰身上，金光閃閃，像一團正在燃燒的火球。

要是在天空遭遇鷹、隼、鴞、鷲這樣的猛禽，成年雄鵝會挺身而出與這些猛禽周旋，憑藉大天鵝強壯的身軀和以眾敵寡的優勢，將猛禽趕走，保護雌鵝和新生代半成鵝。但遇到凶猛的金鵰，力量對比太懸殊，任何反抗都是徒勞的，雞蛋碰石頭，只會增加不必要的犧牲，大難臨頭各自飛，鵝群會明智地放棄抵抗，以最快的速度飛逃。

金鵰越來越近，已經能看清琥珀色的鵰喙和那雙陰沉沉的鵰眼了。

頭鵝蝴蝶嘴沒有拐彎，仍逕自往前飛行。金鵰的飛行速度和飛行技巧都勝過大天鵝，再怎麼拐彎也難以擺脫金鵰的追捕，那又何必枉費心機去拐彎躲避呢？

全體大天鵝追隨著頭鵝蝴蝶嘴，整個桑戛卡大天鵝群形成一個密集的方陣。這是大天鵝遭遇金鵰時採取的應對策略。密集的隊形，無數個可以捕捉的目標，反而會使捕獵者眼花撩亂，無從下手。

這個應對策略果然奏效，金鵰與鵝群在高空很快迎面相遇了，金鵰比鵝群飛得更高一些，俯瞰著朝自己迎面飛來的鵝群，一隻鵰爪從腹下伸了出來，呀呀凶狠地叫著，擺出一副隨時都要俯衝下來的捕獵姿勢，卻靜止不動地飄在空中。

這麼多的大天鵝，金鵰不知該撲向哪隻好。

頭鵝蝴蝶嘴平穩地朝前疾飛，從鵰爪下一掠而過。許多成年大天鵝們也都仿效頭鵝從鵰爪下飛越。金鵰仍在空中靜止不動，虎視眈眈俯瞰在自己身體底下川流不息的大天鵝，呀呀發出焦急的嘯叫。

紅弟離金鵰越來越近，金鵰紫色的鵰爪正在做抓捏動作，指關節捏得嘎巴嘎巴響。這是魔鬼的聲音，這是地獄的聲音。最不幸的是，紅弟飛行的位置與那隻殺氣騰騰的鵰爪正好形成一條直線，假如不改變方向，牠的身體剛好就從鵰爪下飛過。金鵰呀呀的叫聲越來越急促，巨大的鵰翼投下恐怖的陰影。紅弟的目光與金鵰的目光相撞，忍不住打了個哆嗦，金鵰的目光凶狠殘忍，殺機盈盈。紅弟有一種強烈的預感，這隻可惡的金鵰選中的攻擊目標就是牠紅弟，只要牠飛到金鵰爪下，金鵰立刻就會掐住牠的脖子，將牠當作獵物帶到鵰巢去餵嗷嗷待哺的雛鵰！前面就是刀山火海，前面就是一道難以逾越的鬼門關。從金鵰的爪下穿越，是要冒極大風險的啊！紅弟緊張得神經快要綳斷了，牠若繼續朝前飛，豈不是飛蛾撲火自取滅亡？牠突然有了強烈的衝動，改變飛行路線，逃離前面那隻可惡的金鵰！牠想，只要及時拐彎，就能遠離金鵰，遠離危險。其他大天鵝還在按既定的路線飛行，牠們很快就會飛到金鵰那隻殺氣騰騰的鵰爪下，按常理推斷，誰離金鵰最近，捕捉起來最方便，金鵰當然就捕捉誰。面對一隻飢餓的金鵰，免不了會有一隻大天鵝成爲犧牲品，誰都不願意這個不幸落到自己頭上。大難臨頭各自飛，也不存在道德問題。紅弟眞的想從鵝群中逃逸出去了。可是，所有的成年大天鵝都義無反顧地追隨頭鵝蝴蝶嘴朝前飛行，牠拐彎而飛，這合適嗎？也許，硬著頭皮朝前飛行，才是躲避金鵰捕捉的最佳辦法。唉，怎麼辦，好爲難！

就在紅弟猶豫著要不要拐彎逃離時，那隻名叫濁濁的小雄鵝，氣急敗壞地嘯叫一聲，突然擺動尾翼彎仄脖頸，在空中做了個九十度拐彎，逸出鵝群，斜刺往左飛逃。

濁濁也是新生代半成鵝，缺乏應對危機的經驗，濁濁肯定也像紅弟一樣，被迎面攔截的金鵰嚇破了膽，總覺得虎視眈眈的金鵰首選的攻擊目標就是自己，沒有膽量像其他大天鵝那樣從犀利的鵰爪下穿越，不願冒飛蛾撲火自取滅亡的風險，選擇了離群逃竄。

紅弟想學濁濁拐彎逃離，可牠發現已來不及了，牠已飛臨那隻指關節捏得嘎巴嘎巴響的鵰爪下，現在如果轉身，極有可能會自投羅網投進金鵰懷抱了。只能勇往直前，牠不敢與金鵰對視，索性閉起眼睛，橫下一條心，用盡所有的力氣快速搖搧翅膀向前飛行。牠聽見耳邊呼呼風響，等待尖利的鵰爪掐斷自己的脖子……

雖然是短暫的瞬間，但對紅弟來說漫長得就像一萬年。

脖子沒感覺到疼痛，也沒有窒息的痛苦，牠睜開眼，驚訝地發現，自己已從殺氣騰騰的鵰爪下穿越而過，危險竟然被牠拋到了腦後！

就在這時，金鵰發出一聲長嘯，急遽拍搧翅膀，身體驟然旋轉，撲向正在獨自逃跑的濁濁。對金鵰來說，捕捉單個目標遠比從一大群大天鵝中挑選出一個目標容易得多。濁濁雖竭盡全力狂飛，但飛行速度畢竟無法與金鵰媲美，就像是一場毫無勝算的飛行比賽，飛出去還不到五百公尺，金鵰就撞在濁濁身上，鐵鉤似的爪子插進濁濁的背，可憐的濁濁還沒有死，在空中徒勞地掙扎著，撒下一串撕心裂肺的悲鳴。

這種弱肉強食的悲劇，每天都在大自然重複上演。

紅弟暗自慶幸自己闖過了這道鬼門關。

第四次冒險：

為愛情拚搏，水面綻放一朵並蒂蓮。

紅弟殷勤地把一隻翠綠的小青蛙送到彩雲面前，優雅地抖動翅膀，希望彩雲能張開嘴殼一口將翠綠小青蛙吞嚥進去。翠綠小青蛙味道鮮美，是大天鵝最喜愛的食物之一。可是，彩雲冷漠地瞥了紅弟一眼，把頭扭開了。紅弟還不死心，將翠綠小青蛙送到彩雲嘴殼前，翠綠小青蛙還沒有死，四隻蛙腿在彩雲嘴殼上踢蹬。面對送到嘴邊如此鮮美、鮮嫩、鮮活的美食，換作任何一隻大天鵝都忍不住會心癢眼熱。但彩雲卻露出不屑一顧的高傲神情，划動右蹼掌，身體一百八十度旋轉，將尾巴對著紅弟，一副拒「人」於千里之外的表情。紅弟還不死心，轉身追上去，再次將翠綠小青蛙遞了上去。突然，彩雲猛甩脖頸，彩雲的嘴殼擊打在紅弟的嘴殼上，啪地一聲，將叼在紅弟嘴殼上的翠綠小青蛙打飛了。

撲通，翠綠小青蛙掉進湖裡，立刻潛水逃走了，幸運地撿回一條小命。

殷勤地爲異性送上美食，是大天鵝用心書寫的一封情書。遺憾的是，彩雲當著紅弟的面將這封情書撕得粉碎。

紅弟像被雷電擊中似地縮成一團，淒然叫了一聲，訕訕地游走了。

彩雲是一隻年輕的雌天鵝，羽色潔白，就像梅里雪山上終年不化的積雪，嘴基部黃得就像秋天的野菊花，黑色的嘴殼邊緣溫潤如玉，兩隻藍色的眼睛格外清亮，就像兩粒熠熠閃光的寶石。身材勻稱，色彩鮮豔，就像天上一片彩雲。大天鵝本來就是一種儀態端莊、雍容華貴的游禽，彩雲稱得上是大天鵝中的絕色美女。彩雲芳齡四歲，大天鵝四歲齡生理成熟，四歲齡的雌鵝情竇初開，彩雲又長得這麼漂亮，自然會吸引眾多求偶心切的雄性。

紅弟也是眾多拜倒在彩雲石榴裙下的追求者之一。

紅弟也四歲了，隨著身體發育，開始對異性感興趣。春天是大天鵝一年一度的發情季節，受體內生物鐘的指引，紅弟的視線就像被磁石吸引住了似的，緊緊黏在彩雲身上。

不幸的是，紅弟眼中有彩雲，彩雲眼裡卻沒有紅弟。

紅弟跑到彩雲面前挺胸昂首吭吭鳴叫，大唱鵝式情歌，唱得喉嚨都嘶啞了，彩雲就像聾了一樣，沒有任何反應；牠又亮翅曲頸，一會兒在水面高速旋轉，一會兒撐開蹼掌在水面飛速奔跑，跳起天鵝特有的水上芭蕾，也無法打動彩雲的心，彩雲視而不見，無動於衷。

紅弟患了單相思，且病入膏肓，無藥可救。

很多人都知道，大天鵝是一種對待愛情十分忠貞的禽鳥，雌雄一旦結爲伉儷，便永結同心，永相廝守。

很多人都不知道，大天鵝同時也是一種對愛情很認眞、很專一、有時會鑽牛角尖的禽鳥，一旦愛上，不管對方態度如何，不會輕易放棄，很難移情別戀。在大天鵝社會，常有一些成年天鵝，由於自己所中意的對象已名花有主，便拒絕與別的異性往來，一輩子暗戀，一輩子相思，誓死作愛情的殉道者。可以這麼說，包括人類在內的所有動物中，大天鵝算是易患單相思的物種了。

不幸的是，紅弟就是這樣一個在愛情上容易鑽牛角尖的雄性。在牠眼裡，彩雲是天底下唯一值得牠珍愛的雌天鵝，彩雲緩慢抖動著翅膀滑翔而下的降落姿勢優美得讓牠怦然心動，彩雲鳴叫的聲音美妙得讓牠賞心悅目，彩雲啄起一串串清水梳理羽毛，美人出浴的嬌羞，更讓牠如癡如醉，就連彩雲在太陽下打哈欠的慵懶神態，也讓牠心曠神怡。情人眼裡出西施，紅弟差不多就把彩雲看作是大天鵝中的西施。

要命的是，彩雲看中的不是紅弟，而是另一隻名叫克里木的雄天鵝。克里木六歲齡，對於壽命約二十歲的大天鵝來說，六歲屬於黃金年齡，既青春陽光，又成熟穩健。克里木不僅有年齡優勢，還特別擅長討異性歡心，彩雲瞌倦了浮在水面打瞌睡，克里木就守在彩雲身邊，啄咬驅趕圍著彩雲嚶嚶嗡嗡飛舞的討厭蒼蠅，讓彩雲睡得更香甜；夜幕降臨，彩雲登上小島要回巢休息了，克里木就搶先一步走在彩雲前面，踩平高低不平的蒿草，撥開擋路的荊棘……百般體貼呵護，就像一個訓練有素的管家。

一隻情竇初開的雌鵝，哪受得了如此厲害的溫柔炸彈的轟擊，很快，彩雲的心就被打動了，對克里木的感情與日俱增，短短十來天時間，就發展到讓克里木爲牠梳理背羽了，再過幾天，發展下去，雙方就會交頸廝磨，正式結成夫妻。

紅弟在一旁看著，嫉妒得發狂，不顧一切地衝了上去，撲到克里木身上啄咬撕打。

兩個雄性爲爭奪交配權大打出手，在動物界是司空見慣的事。許多種類的動物，如野牛、野馬、野驢、馬鹿、恒河猴、虎頭鯨等，往往遵循這樣的原則，兩個雄性發生奪偶戰爭時，雌性在一旁作壁上觀，經過殘忍血腥的搏殺，敗者倉皇逃竄，勝者擁有嬌妻。投入勝利者懷抱，是許多雌性動物的擇偶原則。然而，大天鵝卻與眾不同，雌鵝的擇偶原則是情投意合，是傾心愛慕，假如看不中某隻雄性，這隻雄性即使打敗一連串的競爭者，雌鵝也不會投懷送抱的。正是由於這樣的原因，大天鵝社會很少發生雄性爲爭奪交配權而大打出手的事。大天鵝社會雄性求偶的通常策略是用各種手段討好對方，以博取雌性的歡心。紅弟實在是因爲嫉妒得發狂，這才出此下策，與克里木武力相見。

克里木也不是省油的燈，尤其在彩雲面前，當然要盡力表現雄性的威武雄壯，吭吭高聲鳴叫著，與紅弟一決高低。克里木比紅弟大兩歲，身體更強壯，嘴喙更老辣，翅膀更有力，暴風驟雨般啄咬搧打。紅弟雖然力氣不如克里木，但熊熊怒火，殊死搏殺。不一會，紅弟頭被啄傷，滿臉汙血，脖子和翅膀被啄掉許多羽毛，輕柔的羽毛隨風飄揚，就像下雪了一樣。雖然身體多處負傷，但紅弟並沒有疼痛感，相反，怒火爆發出來了，牠還覺得特別舒暢。流點血怕什麼，血流得更濃些吧，牠就是要讓彩雲看見，牠正在爲愛情發狂，牠正在爲愛情流血，牠相信彩雲能透過牠傷口流出的鮮血，讀懂牠的心，牠都願意爲牠流血了，牠還能不對牠敞開愛的心扉嗎？

雙方打得難分難解，一時難分輸贏。

就在雙方鏖戰正酣時，突然，彩雲游了過來，游到紅弟身後，冷不防凶猛地啄咬紅弟的尾羽，還沒等紅弟反應過來是怎麼回事，彩雲又從背後撲上來，搖搧翅膀毫不留情地擊打紅弟的脖頸。

紅弟一下子癱軟下來，灰溜溜地游走了。

說實話，彩雲的攻擊對紅弟身體的傷害微乎其微，只掉了幾根絨羽而已，然而紅弟的感覺就像遭到五雷轟擊，就像一把刀子插到胸口，心靈受到極大傷害。牠就是爲了彩雲才與比自己大兩歲的克里木決鬥的，彩雲不但不領牠的情，竟然還同克里木一起來對付牠，可見牠在彩雲心目中的地位是何等不重要，牠的這場決鬥還有什麼意義呢？

跟許多動物一樣，大天鵝社會的擇偶權牢牢掌握在雌性手裡。雌性不願選你，你就是愛得死去活來又有什麼用呢？

最糟糕的是，雖然心靈受到嚴重打擊，但紅弟仍無法將彩雲從自己心裡抹去，恰恰相反，因爲難以得到，所以愛得更加癲狂，總是追隨在彩雲身後，遠遠窺望彩雲的倩影。正值發情季節，有一隻名叫露露的單身雌鵝不停地出現在紅弟視線裡，一會兒啄起清水梳理羽毛，一會兒拍搧翅膀在水面奔跑，鵝式賣弄風情，鵝式拋撒媚眼，直接地表達自己的愛慕之情，但紅弟視而不見，沒有任何反應。在紅弟心目中只有彩雲，唯彩雲不愛，唯彩雲不娶。

單相思患者的感情，真的是不可理喻。

自聯手擊敗了紅弟，彩雲和克里木的感情直線升溫，一起在水中覓食，一起在沙灘漫步，出雙入對，形影相隨，即將步入婚姻的殿堂。

看樣子紅弟這輩子只能單相思了。

就在這時，事情突然起了變化。

這是一場災難，對彩雲來說。那是一個陽光燦爛的早晨，彩雲與克里木並肩在水中覓食。春陽暖融融，又有愛情相伴，彩雲興致很高，歡快地鳴叫著，游到桑戛卡濕地西端那片沼澤地。昨天剛下過一場雨，沼澤地被水淹沒，碧綠的草葉在水面迎風搖擺。彩雲在草葉間找到一條兩寸多長的泥鰍，牠即將做新娘，做了新娘就意味著要產卵，正需要補充營養，便與匆匆捕捉。泥鰍滑溜，一甩尾巴就從彩雲的嘴殼下溜走了。水很淺，剛剛淹沒草皮，碧水綠草間，泥鰍貼著草皮吱溜溜向前逃竄，泥鰍黑色的脊背露在水面上，劃出一條優美的波紋線。彩雲半張翅膀以保持平衡，在泥淖中快速奔走，追捕逃逸的泥鰍。眼看著嘴殼就要啄到泥鰍了，泥鰍卻突然鑽入稀泥漿，水面冒起一個小小的泥泡。彩雲不甘心快要到手的獵物就這樣在自己眼皮底下逃遁了，大天鵝長長的脖頸可潛入一公尺深的水底覓食，牠就把嘴殼往下扎，脖子伸進稀泥漿裡追蹤那條狡猾的泥鰍。稀泥漿浮力小，牠的身體也沉了下去。幾秒鐘後，牠的脖頸抬出水面，終於成功了，閃閃發亮的泥鰍在牠嘴殼間彈跳掙動。牠一揚脖子將泥鰍吞進肚去，就想從稀泥漿游出來。可怕的事發生了，牠突然覺得自己的兩條腿被水下的草根荊棘綁住了，怎麼踢蹬也沒用，越掙扎纏得越緊。

這是一片沼澤，彩雲掉進深不可測的泥潭，底下亂麻似的草根荊棘纏住了牠的腿。

吭吭，救命！吭吭，救命！彩雲嚇得高聲尖叫起來。

克里木跟隨在彩雲身後，立刻趕了過來。紅弟暗中追隨彩雲，聽到呼救，也急忙趕了過來。在附近水域覓食的許多大天鵝，也紛紛圍攏來。

吭吭，快來救我！吭吭，快來救我！彩雲理所當然向克里木求救。牠是牠的準新郎，準新娘有難，準新郎義不容辭該出手相救。

克里木心急火燎地圍著泥潭打轉，幾次小心翼翼伸出蹼掌想跨進泥潭去，卻又受驚似地鳴叫一聲將蹼掌縮了回來。

也難怪克里木畏縮不前，就在前幾天，一隻八歲齡，名叫亢亢的雄鵝鑽到水底覓取鮮嫩的貝蟶，結果被泥漿裡的草根荊棘纏住腿，牠大喊救命，牠的配偶，那隻名叫浪浪的七歲齡雌鵝，毫不猶豫地跳進泥潭想幫丈夫解開纏在腿上的草根荊棘，結果非但沒能救出亢亢，連浪浪也被亂麻似的草根荊棘捆綁住了，最後一起被深不可測的泥潭吞噬。

前車之鑒，跳進泥潭相救，無疑是要冒極大的風險。

愛情雖然美好，但生命更加寶貴，是不是可以想個自己既不用冒生命危險而又能將彩雲從泥潭裡拯救出來的兩全之策呢？克里木在泥潭前躊躇徘徊，伸出長長的脖子試圖去勾拉彩雲的脖子，就像站在岸上用根棍子去撈水裡的東西，想把彩雲從泥潭裡撈出來。

大天鵝的脖子雖然很長，但缺乏抓握和勾拉功能，勾拉了半天毫無用處。

克里木又張開嘴殼，與彩雲的嘴殼交叉疊合，兩張嘴就像接吻一樣互相咬緊，試圖像拔蘿蔔一樣把彩雲從泥潭裡拔出來。這個辦法倒是能使上勁，彩雲的身體似乎從泥漿裡升上來了一些，但克里木在泥潭邊緣難以站穩，陷在泥潭裡的彩雲似乎力氣要大得多，反倒差點將克里木拽進泥潭。好險哪，幸虧克里木及時鬆開嘴殼，不然的話，牠現在已經和彩雲一樣陷在泥潭裡無法自拔了。

克里木站在泥潭邊緣驚魂甫定大口喘息，彩雲幾次朝克里木伸過嘴去，希望能嘴咬嘴借助克里木的力量從泥潭裡爬出來，但克里木害怕自己也被拽進泥潭去，裝著沒看見，把頭扭開，再也不敢嘴咬嘴去拉彩雲了。

彩雲蹬腿拍翅拚命掙扎，牠越掙扎稀泥漿就攪動得越厲害，身體也就越往下陷落。開始時，泥漿只是淹沒雙腿，很快，泥漿漫過翅膀，淹沒脊背，只有一根白色的脖頸聳立在黑色的泥漿上，那細長的脖頸也無可挽回地一點一點變短。

吭──吭──彩雲發出絕望的哀嚎。

吭吭──吭吭──所有站在泥潭邊的大天鵝都難過地翹起脖子發出哀嚎，克里木更是難過得五內俱焚，在泥潭邊不斷走來走去，一聲接一聲發出椎心泣血般的嗚叫。

幾分鐘後，彩雲只剩半截脖子還在泥漿上了，可以想像，再過數分鐘，泥漿將淹至彩雲的下巴，水面只剩黑黃相間的嘴殼和一雙絕望的眼睛，然後，眼睛和嘴殼也沉入泥潭，水底冒出幾個混濁的氣泡，彩雲就從這個世界消失了。

彩雲已叫不出聲來，泥潭邊圍觀的大天鵝也停止了嗚叫，四周一片肅穆，都在等待這最後時刻的來臨。

突然，紅弟從圍觀的鵝群中衝了出來，吭——淒然長嘯一聲，在眾鵝驚訝的目光中，撲通跳入泥潭。牠深深愛著彩雲，眼看著彩雲一點一點被沼澤吞噬，而自己站在一旁無所作爲，牠覺得比自己去死更讓牠難受。牠願意爲彩雲去赴湯蹈火。牠當然知道，跳進深不可測的沼澤，能成功將彩雲解救出來的希望非常渺茫，最大的可能是不僅救不了彩雲，自己也陷入泥潭無法自拔。假如這樣，牠也心甘情願。牠對彩雲單戀已久，生不能結爲連理，能死在一起，也是一件很美麗的事。

一跳進泥潭，紅弟的身體就不由自主地往下沉，艱難地去到彩雲身邊，泥漿已淹沒牠的脊背。牠的蹼掌觸摸到了亂麻似的草根荊棘，牠竭盡全力踩踏，希望能解開纏在彩雲身上的草根荊棘。遺憾的是，在牠的踩踏下，彩雲非但沒能解脫出來，更加速了下沉，刹那間就只剩眼睛和嘴殼還露在水面上了。牠急紅了眼，不顧一切地一頭扎了下去，潛到彩雲雙腿間，將自己的身體鋪墊在彩雲蹼掌下，用全身的力氣拚命往上頂。彩雲漸漸往上升，半截脖子升出水面，整條脖子升出水面。紅弟用一種在地面起飛的姿勢，蹼掌猛烈踢蹬，翅膀猛烈搖搧，身體猛烈聳拱。傳來草根荊棘崩斷的聲響。彩雲被一股強大的力量彈出了泥潭，腿上掛著一長綹草根荊棘，渾身上下裹了一層稀泥漿，變成一隻泥鵝。

紅弟很幸運，纏住彩雲的草根荊棘並不結實，在牠的奮力拉扯下竟然被連根拔起。

與死神擦肩而過的彩雲虛軟地漂在水面上。

圍觀的天鵝紛紛游了過來，有的用嘴殼幫彩雲解開還掛在腿上的草根荊棘，有的用脖頸揮灑清水幫彩雲洗滌身上的污泥。

紅弟也從泥潭底下冒了上來，泥漿黏稠，牠無法像在水裡那樣游動，但身上的鵝毛有很強的浮力，牠撐開兩隻翅膀，勉強浮在泥漿水上，艱難地掙扎著，想爬出泥潭。

彩雲看見紅弟了，突然站了起來，搖搖擺擺來到泥潭邊，長長的脖子盡量往前伸，扁扁的嘴喙翕動著，做出一副想嘴咬嘴將紅弟從泥潭拔出來的姿態。說實話，假如沒有彩雲幫忙，紅弟憑藉自己的力量，也能慢慢從泥潭爬出來，但紅弟樂意得到彩雲的幫助，牠張開嘴，兩隻嘴殼交疊咬合，紅弟很快便從泥潭裡爬了出來。牠們累壞了，互相肩靠著肩、頭枕著頭漂在水面上。紅弟也變成一隻泥鵝，牠們成了一雙泥鵝。彼此身上雖然塗滿污泥，但兩顆心是純潔無瑕的。風吹起一池漣漪，清水蕩滌牠們身上的污泥，漸漸的，牠們又變成潔白的大天鵝，就像一朵盛開的並蒂蓮。

克里木小心翼翼地游攏過來，繞到彩雲身後，伸出長長的脖頸，撫摸彩雲的背，試圖用親暱的舉動將斷裂的愛情焊接起來。當克里木的脖頸剛剛觸摸到彩雲的背羽，突然間，彩雲像後腦勺也長著眼睛一樣，一個急遽轉身，在轉身的同時猛烈甩動脖子，啪地一聲將克里木的脖頸打偏了，並發出一串鳴叫：

——滾開，別碰我！

克里木怪嘯一聲游開去，又很不甘心就這樣失去嬌媚的未婚妻，突然直起脖子抖動翅膀做出攻擊姿勢，飛快向紅弟游去。

克里木的意圖很明顯，是想用武力驅趕情敵，奪回本該屬於自己的幸福。

紅弟被迫應戰，但雙方僅僅打了一個回合，彩雲就撲上來主動參與戰鬥，與紅弟聯手攻擊克里木。這等於在當眾宣告：我的心已經屬於這隻同我並肩戰鬥的雄鵝，想要拆散我們根本是癡心妄想，我們將生生世世永遠生活在一起。

克里木悻悻地嘯叫兩聲，無趣地游開了。

第五次冒險：

不怕流血，做一個稱職的父親。

紅弟狼狽不堪地逃出那塊馬蹄狀池塘，那隻名叫烏賊的雄鵝雄赳赳在馬蹄狀池塘邊緣游弋，衝著紅弟的背影吭吭鳴叫，意思是說：臭小子，算你識相逃得快，不然就把你修理成一隻赤膊天鵝，看你還敢不敢同我爭搶池塘！

紅弟氣得渾身發抖，眞想返回馬蹄狀池塘再與烏賊搏殺一番，可是，剛才一番較量讓牠心驚膽寒。烏賊太厲害了，烏賊之所以叫烏賊，主要是嘴殼特徵明顯，普通大天鵝嘴喙呈黑黃兩色，嘴基部的黃色與嘴端的黑色比例相當，但烏賊嘴喙顏色與眾不同，嘴基部的黃色很少，只有淺淺一彎，嘴端的黑色卻佔了整個嘴殼的五分之四，烏黑烏黑，就像是烏賊吐出的一團墨汁。烏賊的這張黑嘴不僅顏色可怕，且堅硬如石，沒事時最喜愛的消遣方式就是啄擊樹幹，咚咚咚，就像一塊石頭在敲打樹幹。烏賊今年九歲齡，在牠七歲時，曾創造了一個讓所有大天鵝震驚的奇蹟。有一天半夜，桑戛卡大天鵝群營地遭到一隻狐狸襲擊，皓月如銀，烏賊奮起反擊，與那隻狐狸互相撲咬，狐狸突然慘叫一聲逃走了，第二天天亮了，大天鵝們這才發現，沙地上遺落一顆帶血的狐齒，而烏賊那隻烏黑的嘴殼留下幾枚狐狸噬咬的齒痕，原來在搏殺中，烏賊堅硬如石的嘴喙竟然活生生敲掉了狐狸一顆門牙！正因爲烏賊長著一張能擊敗狐狸的嘴殼，所以在桑戛卡大天鵝群裡飛揚跋扈，連頭鵝蝴蝶嘴都要讓牠三分。

假如這塊馬蹄狀池塘本來就歸烏賊所有，紅弟絕無膽量向牠挑釁，搶奪這塊食物豐盛的水域，事實卻是，這塊馬蹄狀池塘是牠紅弟先發現的，理應歸紅弟所有。這塊馬蹄狀池塘在桑戛卡濕地一片茂密的蘆葦深處，紅弟尋找了很久才找到，當時有一群斑點野鴨生活在這塊水域，紅弟與這群野鴨打了一架，脖子被野鴨劃傷，流了不少血，可以說付出了血的代價，才獲得這塊馬蹄狀池塘。紅弟帶著彩雲和四隻雛鵝在這塊馬蹄狀池塘僅僅生活了半天，烏賊便聞訊趕來，蠻不講理地用武力將紅弟驅趕出去。

螳螂捕蟬黃雀在後這樣的悲劇在大自然屢見不鮮。

彩雲和四隻小寶寶待在岸邊一棵垂柳下，紅弟垂頭喪氣地向牠們走去。

背後傳來烏賊與配偶及子女吭吭呀呀的歡叫聲。侵略成功，霸佔得手，強盜在開祝捷大會。

大天鵝是一種具有領地意識的游禽，尤其在育幼期間特別鮮明，爲了給下一代一個穩定的食物源，爲了給子女一個良好的生存環境，大天鵝的領地意識會變得特別強烈，會設法佔據一塊食物豐盛的水域，禁止其他大天鵝進入。凡具有領地意識的動物，族群內免不了會頻繁發生領地糾紛，甚至爆發領地戰爭。通常情況下，發生領地糾紛，雌天鵝看護雛鵝，雄天鵝則擔當起驅逐入侵者、保衛領地的重任。

遺憾的是，入侵者力量強大，紅弟只能灰溜溜退出馬蹄狀池塘。

紅弟離那棵垂柳越近，心情越沉重。牠曉得，彩雲和四隻雛鵝正翹首等待牠凱旋歸來，但等到的卻是恥辱和失敗，牠們會怎麼看牠呢？毫無疑問，牠們會非常失望，把牠看成一個無用的丈夫，看成一個怯懦的父親。牠當然不願被自己所深愛的妻子看成是個無用的丈夫，也不願被自己所寵愛的兒女看成是個怯懦的父親。唉，要是有一點點反敗為勝的可能，牠也會返回馬蹄狀池塘與烏賊拚個你死我活，遺憾的是，牠連百分之一獲勝可能也沒有。剛才與烏賊一交手，牠一下就被拔掉翅膀上兩根可做鵝毛筆的翎羽，要不是牠逃得快，還不曉得身上會被啄掉多少羽毛呢。

力量對比懸殊太大，只能是落花流水，只能是狼狽逃竄。

無顏見妻子，也無顏見兒女。

很快，紅弟就走到岸上這棵垂柳下。牠長長的脖頸彎成S狀，腦袋深深埋在胸口，不敢抬頭去看彩雲，也不敢去看四隻雛鵝。牠想，彩雲一定會用鄙夷的眼光來迎候牠，四隻雛鵝也一定會向牠發出埋怨的鳴叫。許多別的大天鵝家庭，一旦發生領地糾紛，一旦負責保衛家園的雄鵝在領地爭奪戰中失利，都會受到妻兒的埋怨和指責。

牠是一個失敗的丈夫，也是一個失敗的父親。紅弟的心在滴血。牠感覺到，彩雲正帶著四隻雛鵝向牠走來，牠們一定會嘲笑牠的怯懦和無能，牠羞愧得無地自容，真恨不得變成一隻老鼠躲到地洞裡去。

吭吭，彩雲鳴叫起來，音調高亢嘹亮，不像是在面對一位失魂落魄的失利者，倒像是在歡迎一位凱旋歸來的英雄。紅弟驚訝地抬頭望去，彩雲雙翼高吊，尾羽翹挺，脖頸伸直，整個身體尾高頭低，下巴幾乎貼著地面，只有嘴殼高高翹起，發出響亮的叫聲，搖搖擺擺向牠走來。四隻雛鵝也學著媽媽的樣，脖子伸直垂地，呦呦嘎嘎叫著向牠走來。

彩雲的這個姿勢，是大天鵝社會典型的慶典儀式。

在大天鵝家庭裡，每當發生領地糾紛，無論是開拓領地還是保衛領地，雄鵝一旦獲勝，凱旋而歸時，雌鵝便會帶著雛鵝以雙翼高吊、脖頸貼地的姿勢前來迎接，在雄鵝面前鳴叫、搖擺、旋轉，被稱爲慶典儀式。慶典儀式，歡慶勝利，對征戰的雄鵝表達尊敬和愛戴，激勵雄性爲保衛家園傾注更大的努力和犧牲。

一瞬間，紅弟懷疑自己眼睛是不是出了毛病。明明打了敗仗，明明本屬於牠的馬蹄狀池塘被烏賊霸佔了去，牠被打得落花流水狼狽潰逃，彩雲卻帶著四隻雛鵝用隆重的慶典儀式來迎接牠，這是怎麼回事？會不會是彩雲失望到了極點，故意用這種顛倒黑白的辦法來嘲笑和奚落牠？牠端詳彩雲的臉，彩雲的目光柔和清麗，沒有絲毫的譏諷和嘲弄。

吭吭，你們弄錯了，我沒能保住馬蹄狀池塘，吭吭，烏賊的嘴殼太硬了，我打不過牠！我讓你們丟臉了，我不值得你們用慶典儀式來迎接我。紅弟惶惑地叫著，不安地扭動身體，背對著彩雲和四隻雛鵝，不願接受這讓牠羞愧難當的慶典儀式。

彩雲固執地繼續著慶典儀式，雙翼高高吊起，不停地抖動，吭吭吭吭，發出一串溫柔的鳴叫，似乎在說：我沒有看錯你，你是桑戛卡大天鵝群最勇敢的雄鵝，你完全有資格享受最隆重的慶典儀式，面對曾啄掉過狐狸門牙的烏賊，許多雄鵝望風披靡，還沒等烏賊游到面前就逃跑了，而你卻表現出非凡的勇氣，與入侵的烏賊展開搏鬥，雖然未能成功將入侵者趕走，但雖敗猶榮，你的勇氣和膽量令我敬佩！

四隻雛鵝圍著紅弟，用牠們稚嫩的小嘴，爲紅弟梳理凌亂的羽毛，酥癢酥癢，有股醉心的暖意，並用脆生生的嗓子一個勁地叫喚：你是天下最稱職的爸爸，爲了我們你不怕和最強大的敵人戰鬥，我們爲你的勇敢感到驕傲！

漸漸的，紅弟耷落在胸口的腦袋昂了起來，失敗帶來的痛苦和屈辱慢慢消退，消沉的意志慢慢覺醒，身上的創痛消失了，心靈的創痛也奇蹟般地消失了。望著膝下四隻長著一身絨毛活潑可愛的雛鵝，牠意識到了父親的責任，那就是不惜一切代價保護牠們的安全，保護牠們的生存權益！彩雲和四隻雛鵝對牠無限信任和愛戴，在牠遭受挫折和失敗後，仍一反常態地爲牠舉行慶典儀式，慰藉牠受傷的心靈，保護牠脆弱的自尊，牠要對得起這份沉甸甸的信任和愛戴，牠一定要做一個眞正的好丈夫、好父親，給牠們帶來幸福，讓牠們因爲有牠的存在而感到自豪。

驟然間，牠感覺到一股神祕的力量在牠胸中激盪，牠毅然轉身朝馬蹄狀池塘走去。

牠一定要奪回馬蹄狀池塘，桑戛卡濕地雖然水面寬廣，但食物豐盛適合雛鵝生長的地方並不太多，馬蹄狀池塘裡到處都是蘆根、野荷、蕨芨、水芝麻等水生植物，在茂密的水生植物間，還有蜻蜓、蛤蟆、烏龜所產的幼蟲和各種魚卵，特別適宜雛鵝成長，可以說是撫養幼雛的風水寶地，絕不能輕易就讓烏賊給霸佔了。

還不僅僅是保衛食物源的問題。

父親是子女的精神榜樣，如果牠表現得怯懦，就會在牠們身上複製怯懦，如果牠表現出卑微，就會在牠們身上複製卑微。牠要挺起胸膛，做一個在淫威面前不低頭、不彎腰、不屈服、不退縮的錚錚硬漢，做一個稱職的父親，爲孩子們樹立起勇者生存的榜樣。

正在馬蹄狀池塘邊巡游的烏賊氣勢洶洶撲了過來，紅弟毫不猶豫地跳進池塘，迎著烏賊游了過去。

這是一場艱苦卓絕的戰鬥，對紅弟來說。烏賊那張黑嘴比想像的更厲害，一次又一次啄咬在紅弟身上，忽而像把小錘子，在紅弟腦袋上啄起好幾個腫包，忽而像把小鉗子，將紅弟翅膀上的翎羽一根根拔掉，忽而像把小鐮刀，在紅弟身上割出一道道血痕。碧綠的水面上，小船兒似地漂浮著一根根潔白的羽毛，清水間還夾雜著縷縷血絲。

雖然身上多處受傷，翅膀上有一半翎羽被活生生拔掉了，但紅弟一想到自己背後彩雲和四隻雛鵝滿懷期待的目光，立刻就變得渾身是勁，毫不畏懼地繼續戰鬥。

鏖戰整整持續了一個多小時，烏賊累得筋疲力盡，兩隻翅膀無力地耷落在水面上，張開黑色嘴殼大口喘息。紅弟則精神抖擻，愈戰愈勇。牠繞到烏賊背後，出其不意地撲到烏賊身上，啄住烏賊右翼一根翎羽，烏賊拍搧翅膀掙扎，雙方一用力，啪，輕微一聲響，一根長長的翎羽被紅弟銜在嘴殼間。烏賊吭地哀嘯一聲，划動蹼掌想逃，紅弟奮力追上去，又啄掉了烏賊左翼一根翎羽。烏賊再也支撐不住，登上岸去，頭也不回地跑掉了。

紅弟終於從凶悍的烏賊手中奪回了食物豐盛的馬蹄狀池塘。

彩雲帶著四隻雛鵝歡天喜地向渾身羽毛被啄得凌亂不堪的紅弟游來。

第六次冒險：

勇敢是走向成功與輝煌的通行證。

桑戛卡大天鵝群面臨種群滅絕的危機。

對桑戛卡大天鵝構成亡種滅族巨大危險的是一個名叫月亮額的水獺家族。這個水獺家族共有六個成員，一對水獺夫妻和四隻即將成年的年輕水獺。無論是水獺夫妻還是年輕水獺，前額都有一塊圓圓的白斑，就像刻著一輪月亮，故而叫月亮額水獺家族。

除了人類，水獺是大天鵝最危險的天敵。大天鵝生活在遠離陸地的湖泊或濕地，寬闊的水面不僅為大天鵝提供了游禽所必需的生存條件，還為大天鵝的安全提供了一道天然屏障，許多對天鵝肉垂涎三尺的陸地野獸，如豺狗、狼獾、山豹、金貓、紫鼬等等，因水性不佳而無法接近大天鵝。即使是以狡詐著稱的狐狸，能借助退潮摸到大天鵝營地來行竊，但機會有限，偶爾能捉走一兩隻零星喪失警惕的大天鵝，對整個大天鵝族群的生存並不會構成威脅。水獺就不同了，水獺屬於半水棲食肉動物，深諳水性，鼻孔有瓣膜，能長時間在水中潛泳，可以說大天鵝能到的地方，無論多麼遼闊的湖泊，多麼隱密的濕地，水獺都能到達。且水獺一家子在一起覓食，「人」多勢眾，互相掩護，互相支援，讓大天鵝防不勝防。據統計，大天鵝每年非正常死亡中有三分之一是葬身於水獺口中。

大天鵝絕不會到有水獺出沒的水域棲息，桑戛卡濕地過去並沒有水獺蹤跡，顯然，這家子水獺是從別的地方遷居到這裡來的。

從邏輯推斷，既然水獺是大天鵝最危險的天敵，一旦發現水獺蹤影，桑戛卡大天鵝群理應及時遷居到其他地方去，惹不起躲得起，且大天鵝長著一雙能翱翔藍天的翅膀，要躲開水獺應說是一件輕而易舉的事。

遺憾的是，面對一大家子窮凶極惡的水獺，桑戛卡大天鵝群卻不能遷居避險。

時值春夏交替，大天鵝正處在孵卵抱窩的繁殖季節。

要是早十天半月，雌鵝還沒有產卵，發現附近有水獺活動，天鵝們拍拍翅膀就能遠走高飛，讓垂涎三尺的水獺望天興歎；要是晚十天半月，新生代雛鵝孵化出殼，雛鵝雖不會飛翔，但成年天鵝可護送雛鵝游往遙遠的水域，以躲開水獺的糾纏。

要命的是，恰恰處在孵卵抱窩的中間時段。

大天鵝孵卵期約三十五天，而在棲息地發現水獺蹤跡是在雌鵝抱窩約十七、八天左右。對大天鵝來說，這是一個特別脆弱，因此也特別危險的時點，大天鵝無法將抱窩抱了一半的卵帶到其他地方繼續抱窩，想放棄吧，抱窩已抱了兩個多星期，心頭肉難以割捨，更關鍵的是，假如放棄，找個新的棲息地重新再產卵抱窩，已經不可能了，最佳繁殖季節已過，勉強產卵，孵化出來的雛鵝，存活率很低，即使僥倖能活下來，到了秋天南遷的時候，幼鵝的翅膀沒有長硬，滯留在桑戛卡濕地，不是凍死就是餓死。

住。

這個時候的大天鵝，就像被釘子釘牢了似的，只能在原來的棲息地居住。

月亮額水獺家族，抓住大天鵝這一弱點，肆無忌憚地捕捉正在抱窩的雌鵝。大大小小六隻水獺大搖大擺闖進桑戛卡大天鵝群的棲息地，撲向搭建在草叢或沙洲的大天鵝窩巢，假如正在抱窩的雌鵝來不及飛掉，牠們就吃天鵝肉，假如正在抱窩的雌鵝棄巢逃走，牠們就吃天鵝蛋。短短三天時間，就有兩隻雌鵝和四窩孵了一半的天鵝蛋慘遭塗炭。所有成年天鵝憂心忡忡，夜裡不敢合眼，稍有風吹草動，便嚇得驚慌失措。那天晚上，一條大魚被潮水衝到岸上來了，在沙灘上掙扎，發出劈哩啪啦聲響，鵝群誤以爲又是水獺來偷襲了，驚叫著摸黑起飛，四散飛竄，結果有一隻名叫厥厥的雄鵝糊裡糊塗撞在岸邊一棵大樹上……

風聲鶴唳，草木皆兵，整個桑戛卡大天鵝群籠罩在極度恐怖中，許多大天鵝，尤其是正在孵卵的雌鵝，神經已緊張到幾近崩潰。

更可怕的事發生了，桑戛卡大天鵝群的首領——那隻名叫蝴蝶嘴的頭鵝，竟然也被水獺殺害了！那是一個風和日麗的中午，六隻月亮額水獺潛泳至桑戛卡大天鵝群的棲息地，水鬼似地突然從水底冒出來，向蝴蝶嘴頭鵝的巢撲去。蝴蝶嘴頭鵝的巢搭建在臨水的一叢曼陀鈴裡，蝴蝶嘴頭鵝的妻子——名叫小白花的雌鵝正趴在巢裡抱窩。按大天鵝社會的分工原則：雌鵝負責孵卵，雄鵝負責警戒。蝴蝶嘴頭鵝正站在巢的旁側警惕地四下張望，看到一群水獺蜂湧而至，便一面發出報警的嘯叫，一面勇敢地迎上去阻擊這群水獺。蝴蝶嘴頭鵝不愧是桑戛卡大天鵝群最傑出的雄鵝，朝走在最前面那隻前額有月亮形泛黃白斑的老雄水獺臉上狠狠啄了一口，老雄水獺的鼻吻被啄得皮開肉綻，嚎叫一聲扭頭逃竄。這時，雌鵝小白花聽到報警已跨出窩巢振翅飛上天空，蝴蝶嘴頭鵝也想搖搧翅膀起飛，但大天鵝因體態壯碩起飛不如其他鳥類那麼敏捷，必須助跑一段才能飛起來，牠剛剛往前跑出兩步，還沒來得及搧動翅膀，那隻老雌水獺閃電般躥上來咬住了蝴蝶嘴頭鵝的一隻翅膀，蝴蝶嘴頭鵝扭轉脖頸想啄擊老雌水獺的眼睛，但沒等牠啄咬下去，一隻前額月亮形白斑特別明亮的年輕雄水獺趕上來，一口咬住了蝴蝶嘴雄鵝的脖頸……

桑戛卡大天鵝群最傑出的雄鵝就這樣成了月亮額水獺家族的盤中餐。恐怖的陰霾籠罩在桑戛卡大天鵝群上空，當天下午，一隻名叫桑格格的雌鵝，拋下七枚已孵化了一半的卵，離開了桑戛卡濕地。

只有對前途徹底絕望的雌鵝，才會拋家棄子遠飛他鄉。

一切雄性都是社會權力的角逐者，這句話對大天鵝同樣適用。在過去，一旦頭鵝意外身亡，便會有許多強壯的雄性跳出來爭奪頭鵝寶座。但這一次，蝴蝶嘴頭鵝遇害已整整三天，沒有哪隻雄鵝站出來接替蝴蝶嘴的職務。並非頭鵝的位置不吸引人，而是所有雄鵝心裡都很清楚，擔任頭鵝雖然享受崇高的地位，同時也承擔著化解危機、保衛種群安全的責任，就目前來說，就是要設法將窮凶極惡的月亮額水獺家族從桑戛卡濕地驅趕出去。

要想戰勝或趕走月亮額水獺家族，無疑要冒九死一生的風險，誰也不願做以卵擊石的傻瓜。

桑戛卡大天鵝群變成一盤散沙。

第二天，又有兩家大天鵝受不了沉重的心理壓力，拋下孵了一半的卵遠走高飛了。

桑戛卡大天鵝群隨時都有崩潰的危險。

危急關頭，紅弟扭轉了局面。牠是被迫站到抗擊月亮額水獺家族的前線上的。

事情的緣由是這樣的，那天下午，月亮額水獺家族又摸到桑戛卡大天鵝群棲息地——那片狹長的沙洲來了，到處響起大天鵝驚恐的嘯叫，正在孵卵的雌鵝紛紛離開窩巢飛上藍天躲避災禍。紅弟也發出報警嘯叫，提醒自己的妻子彩雲趕緊離巢飛走。紅弟和彩雲的窩巢搭建在茂密的灌叢裡。

紅弟好幾次發出報警叫聲，就是不見彩雲從灌叢裡鑽出來。

幾乎所有大天鵝都飛到空中去了，唯獨紅弟和彩雲還滯留在地面。

大大小小六隻水獺呈扇形向紅弟包圍而來，紅弟身旁就是茂密的灌叢，灌叢裡有牠心愛的妻子彩雲，還有六枚寶貝蛋。紅弟發出尖銳急促的鳴叫，吭—吭—吭，水獺已撲過來了，趕快飛到天空去，不然就來不及了！

留得青山在，不愁沒柴燒，萬般無奈下，棄巢而去是最明智的選擇。

然而，彩雲彷彿聾了似的，對紅弟最緊急的報警聲置若罔聞。

也許，彩雲覺得灌叢密不透風，十分隱祕，水獺不一定就能找到自己，產生了僥倖心理；也許，經過二十多天的孵化，彩雲和六枚卵已產生了生死與共的親密感情，鵝在則蛋在，蛋碎則鵝亡，不願獨自逃生。

反正，彩雲靜靜的趴在灌叢的巢內，堅守一個母親的責任。

六隻月亮額水獺離灌叢僅有四十多公尺了，再不飛就來不及了，紅弟不得不振翅起飛，飛出月亮額水獺家族的包圍圈後，趕緊落下來，觀察自己窩巢那邊的動靜。

月亮額水獺家族離灌叢只有二十多公尺了，那隻老雄水獺飢餓貪婪的目光瞄向灌叢，聳動鼻吻作嗅聞狀，灰白的髯鬚抖抖顫顫，醜陋的嘴臉露出一絲陰笑。

紅弟心涼了半截，牠明白，嗅覺靈敏的水獺已聞到灌叢裡的祕密，準備向灌叢搜索襲擊了，幾根荊棘幾片綠葉根本擋不住六隻水獺的進攻。更糟糕的是，彩雲已錯過了最佳逃離時間，即使現在彩雲想棄窩飛逃，恐怕也難以實現了，牠在茂密的灌叢裡是無法振翅起飛的，牠必須先鑽出灌叢然後才能飛翔，六隻飢餓的水獺絕不會給牠從容起飛的時間，只要牠一鑽出灌叢，就會遭到水獺迅猛的攻擊。

彩雲危在旦夕，牠的妻子命懸一線，紅弟心急如焚。牠有兩種選擇，第一種選擇是獨自逃命，對方是六隻尖爪利牙的水獺，實力相差太懸殊了，牠與牠們抗衡，無疑是飛蛾撲火、以卵擊石，不僅無法將彩雲從危難中救出來，還會白白搭上自己的性命，俗話說夫妻本是同林鳥，大難臨頭各自飛，也沒什麼不道德的；第二種選擇是勇敢撲向月亮額水獺家族，盡一隻雄鵝保衛家園的職責，把危險引到自己身上來，掩護彩雲脫險。問題是，成功的把握極小，可以說只有百分之一的成功希望，極有可能成爲愚蠢的陪葬。

老雄水獺已竄到灌叢前，賊頭賊腦往裡窺探，情況萬分危急。

紅弟迅速起飛，向老雄水獺撲去。大天鵝是一種對愛情特別忠貞的鳥類，任何時候，紅弟也不會扔下彩雲自顧逃命。牠要用生命來實踐白頭偕老的誓言。

紅弟飛到老雄水獺頭頂厲聲嘯叫，並仄斜翅膀看起來是要用翅膀去擊打老雄水獺飾有月亮形白斑的額頭，老雄水獺當然不會聽任紅弟擊打，直起身來撲咬，紅弟轉身躲閃，卻沒能完全躲掉，被老雄水獺咬到尾羽，紅弟三片尾羽被銜在老雄水獺的唇齒間。紅弟尖嘯一聲，伸直脖子想拉到高空去，卻似乎力不從心，飛出去四、五公尺遠，便一頭栽落下來，啪一聲重重地跌在砂礫上，痛苦地扭動身體，發出聲聲哀嘯。

看起來，紅弟像是被老雄水獺咬傷，變成月亮額水獺家族唾手可得的獵物。其實不然，紅弟是假裝受傷，要把六隻水獺的注意力吸引到自己身上來。

在地面築巢的許多鳥類，當自己的窩巢遭遇危險，特別是當巢內的鳥卵或雛鳥面臨天敵侵襲時，都會假裝受傷的樣子，引誘天敵來捕捉自己，從而將禍害從窩巢引開。

這或許可以稱爲在地面築巢鳥類的「重傷詐欺術」。

老雄水獺果然上當，興匆匆向紅弟趕來，其餘五隻月亮額水獺也尾隨老雄水獺而來。紅弟等老雄水獺快抓到自己時，突然振動翅膀連飛帶跑躥了出去，又將距離拉開了。

紅弟將自己與六隻水獺的距離始終保持在十公尺外，對起飛較緩慢的大天鵝來說，這是一個極限距離，如果彼此距離短於十公尺，就有可能在起飛前遭到水獺撲咬。

狹長的沙灘上，紅弟飛飛停停，與六隻水獺展開了一場生死追逐。

紅弟希望自己將月亮額水獺家族引離灌叢後，牠的妻子彩雲能趁機鑽出巢，飛上藍天。遺憾的是，彩雲好像鐵了心要與六枚卵同生死，遲遲沒有從灌叢鑽出來。

當飢腸轆轆的老雄水獺再一次心急火燎撲向看起來已奄奄一息似乎唾手可得的紅弟，而紅弟再一次連飛帶跑逃逸後，老雄水獺多次上當受騙，似乎對紅弟的傷情產生懷疑，不再去追捕紅弟，站在沙灘上，扭頭望望背後的灌叢，好像醒悟過來是怎麼回事，帶著五隻水獺轉身又朝灌叢摸去。

紅弟在砂礫上打滾，身上羽毛凌亂不堪，一隻翅膀垂地，一隻翅膀反轉到頭頂，脖子和胸脯在粗糙的砂礫上磨出了血，潔白的羽毛血漬斑斑，發出聲聲淒厲的哀號，更逼眞表演垂死掙扎。

——來抓我吧，我的血已快流盡，我的翅膀受了重傷，我已是你們的盤中餐、俎上肉、囊中之物，你們不費吹灰之力就可以吃到鮮美的天鵝肉，這樣的便宜不撿白不撿！

狡猾的老雄水獺沒有再上當，頭也不回地率領月亮額水獺家族向灌叢急奔。

紅弟無奈地停止了「重傷」表演。牠必須阻止六隻水獺再回到灌叢去，可是，牠已使出了一隻大天鵝所能做到的所有辦法，可以說是黔驢技窮了。

怎麼辦？怎麼辦！

就在這時，發生了一個小小的意外，老雄水獺在撲向灌叢的途中，經過一棵野酸荌樹，一根長約一尺的野酸荌從枝頭掉落下來，不偏不倚，剛巧掉到老雄水獺的頭上，啪地一聲，被太陽曬成枯黃的野酸荌碎成幾段，老雄水獺嚇得蹦了起來，尖叫一聲，拔腿就逃，模樣狼狽極了。其餘五隻月亮額水獺也都驚恐不安地跟著逃跑。

老雄水獺逃出去二十多公尺遠，這才驚魂不定地扭頭觀察。

可惜掉下來的是一根枯黃的野酸茭，只讓老雄水獺虛驚一場而已，紅弟遺憾地想，要是掉下一塊石頭來，也不偏不倚砸在老雄水獺頭上，把老雄水獺砸得頭破血流，把老雄水獺砸出腦震盪，把老雄水獺砸得嗚呼哀哉，那才叫棒呢！

天上掉石頭，當然是不切實際的幻想，可不知為什麼，紅弟突然心跳加速，有一種靈感閃現的興奮和激動。

老雄水獺看清砸在自己頭上的是一根野酸茭，鬆了一口氣，繼續牽領整個月亮額家族向灌叢邁進。

紅弟想起去年夏天發生的一件事，桑戛卡大天鵝群正在湖裡覓食，老天爺突然變臉，陰慘慘狂風驟起，下起了冰雹，鴿蛋大小的冰雹鋪天蓋地砸下來，大天鵝們無處躲藏，有一隻名叫陀螺的雄鵝，恰巧被一顆冰雹砸中腦袋，當場暈倒……

此時此刻要是老天爺再下一場冰雹……

紅弟只是一隻普通大天鵝，沒有呼風喚雨的本領，不可能想要老天爺下冰雹，老天爺就下冰雹，可是，牠的眼光落在沙灘上，望著滿地大大小小的鵝卵石，突然就產生了一個想法，如果從空中向月亮額水獺家族拋擲鵝卵石，不就等於下了一場冰雹嗎？老雄水獺正快速逼近灌叢，紅弟已沒有時間多想，立即用扁扁的嘴喙銜起一塊與蹼掌大小相似的鵝卵石，飛到兩、三百公尺高的空中，對準在沙灘上奔走的月亮額水獺家族扔了下去。

大天鵝有在空中向天敵拋擲糞便的行爲，但從空中向天敵拋擲鵝卵石卻還是頭一次，稱得上是一種偉大的發明，其意義不亞於兩足行走的人類第一次使用工具。

遺憾的是，鵝卵石並未砸中水獺，而是砸在牠們身旁的沙灘上，啪地一聲，爆起一團小小的沙塵。儘管如此，還是把月亮額水獺家族嚇了一大跳，心驚膽戰往天空張望。

紅弟一面迅速降落到沙灘啄咬鵝卵石，一面吭吭吭發出一串激越的嘯叫，號召同伴們跟牠一起用鵝卵石砸這夥正在桑戛卡大天鵝群棲息地行凶的水獺。

——來啊，我的兄弟姐妹，我們來下一場人工冰雹，把凶悍的水獺從我們美麗的家園趕出去！

所有的大天鵝早就對月亮額水獺家族恨之入骨，大天鵝是一種具備模仿能力的禽鳥，目睹紅弟銜石拋擲的行為，立刻群起而效仿，紛紛落到沙灘，銜起隨處可見的鵝卵石，飛到空中，對準月亮額水獺家族拋擲下來。

桑戛卡大天鵝群有一百多隻成年大天鵝，每一輪就有一百多塊鵝卵石傾瀉而下，密集的鵝卵石就像老天爺下了一場別致的冰雹。

從高空拋落的鵝卵石比冰雹厲害多了，砸在酸茭樹上，砸得枝葉紛飛，砸在沙灘上，到處都是飛揚的泥塵。

大多數鵝卵石落在了沙灘上，但密集的鵝卵石雨，總會落到正在沙灘上奔走的月亮額水獺家族身上。咚，一顆鵝卵石砸在老雌水獺的肩上，老雌水獺嗷嗷哀叫，疼得在地上打滾。六隻水獺急得像群無頭蒼蠅，在沙灘上亂躥。咚，又一顆鵝卵石像長了眼睛似的從天上砸下來，不偏不倚，砸在那隻前額月亮形白斑特別明亮的年輕雄水獺的頭上，年輕雄水獺像喝醉了酒似地東扭西歪、踉踉蹌蹌在沙灘上跳起了醉舞，其餘五隻水獺面面相覷，不明白究竟發生了什麼。年輕雄水獺張嘴想叫，可沒能叫出聲來，噗，嘴腔裡噴出一口鮮血，兩眼翻白，栽倒在地。老雌水獺走攏去，小心翼翼地用嘴吻觸摸年輕雄水獺的下巴，似乎是想把年輕雄水獺攙扶起來，年輕雄水獺的腦袋勉強抬了抬，又軟綿綿垂了下去。

天上的鵝卵石仍暴雨似地灑落下來，又有一塊鵝卵石砸在老雄水獺的屁股上，老雄水獺嚎叫一聲，拔腿往湖裡躥，一下跳進水裡，潛入水底。

對善於潛水的水獺來說，潛到水底，是躲避鵝卵石雨最好的辦法。另三隻年輕水獺也緊跟著老雄水獺跳到湖裡躲藏。

老雌水獺在那隻前額月亮形白斑特別明亮的年輕雄水獺身上吻了又吻，一步三回頭向湖邊跑去，到了湖畔，牠又留戀地回頭望了一眼，發出一聲如泣如訴的長嚎，這才吱溜鑽入水中。

那隻前額月亮形白斑特別明亮的年輕雄水獺孤零零躺在沙灘上。

桑戛卡大天鵝群並未就此甘休，牠們三三兩兩守候在湖畔、灘塗和水獺出沒的洞口，一見到水獺的影子就大呼小叫，所有的大天鵝就會立刻從四面八方聚攏來，銜起沙灘上隨處可見的鵝卵石，飛到空中，向水獺拋擲下去。

除了潛入水底，或鑽入洞穴，水獺無處逃遁。

第三天半夜，沒有月亮，只有幾顆忽明忽暗的星星在天空閃爍。老雄水獺帶隊，其餘四隻水獺魚貫相隨，垂頭喪氣地離開了桑戛卡濕地。誰也不知道月亮額水獺家族會遷居何方，但有一點是肯定的，水獺是一種有記憶的動物，在牠們的有生之年，是再也不會回到這片讓牠們傷心欲絕的桑戛卡濕地來了。

籠罩在桑戛卡大天鵝群頭上的死亡陰影被成功驅散了。

月亮額水獺家族遷居他鄉的翌日早晨，眾多大天鵝聚集在沙灘上，有的在晾曬翅膀，有的在梳理羽毛，準備下湖覓食。紅弟也睡了個好覺，從灌叢的窩巢走到湖畔，欲下湖捕捉新鮮的小魚給彩雲準備豐盛的早餐。就在這時，也不知是誰帶的頭，七、八隻成年雌鵝團團將紅弟圍住，有的用柔軟的脖頸摩挲紅弟的背，有的張開翅膀在紅弟面前搖擺舞蹈，有的在紅弟面前引頸高吭，舉行大天鵝特有的歡慶儀式。

其他大天鵝也都紛紛圍攏來，鋪滿霞光的沙灘上，潔白的天鵝載歌載舞，形成了一個宏大的歡慶場面。

紅弟成了桑戛卡大天鵝群新一代首領。

第七次冒險：

面對挑戰，為生命畫一個圓滿的句號。

紅弟吃力地搖動翅膀，徐徐降落在那塊龜背狀礁石上。這是湖中央一塊突兀的礁石，剛剛露出水面，面積很小，僅能容下一隻大天鵝歇腳。

紅弟還立足未穩，突然間，一隻尾羽特別發達名叫巨臀的雄鵝快速從水面游過來，搧動翅膀強行登上龜背狀礁石。礁石空間有限，根本無法同時容納兩隻成年雄鵝。紅弟與巨臀胸脯頂著胸脯，搖動翅膀以增加力量，互相擠兌推搡，都想把對方從龜背狀礁石擠下去。

紅弟一腳沒踩穩，撲通掉下水去。

巨臀大幅度搖動翅膀，脖頸豎得筆直，鵝頭驕傲地伸向天空，吭吭發出勝利的歡叫。

旁邊幾隻看熱鬧的大天鵝朝紅弟投去同情的目光。

紅弟只覺得一股熱血竄上腦門，氣得渾身發抖。牠是桑戛卡大天鵝群的首領，享有至高無上的權威，這塊隆出水面龜背狀礁石，歷來就是牠獨享的歇腳點，就好比人類社會的龍椅寶座。眾目睽睽之下，巨臀不經牠首肯就登上龜背狀礁石，明顯就是犯上作亂，又將牠從龜背狀礁石擠兌下來，無疑是大逆不道。假如牠忍氣吞聲，牠在眾鵝心目中的地位就會一落千丈。是可忍，孰不可忍。紅弟發狠地嘯叫一聲，向龜背狀礁石游去。牠要用嘴喙啄咬，用翅膀擊打，將巨臀從龜背狀礁石打下水去，以維護自己頭鵝的尊嚴。

巨臀亢奮地叫著，在龜背狀礁石上做好打架準備。

紅弟游到龜背狀礁石前，一隻蹼掌已踏上礁石，戰鬥一觸即發，突然間，紅弟將那隻已踏上礁石的蹼掌縮了回來，氣鼓鼓的神態變得氣癟癟。

巨臀趾高氣揚地在龜背狀礁石上舞兮蹈兮，衝著紅弟的背影怪模怪樣嘯叫，似乎在說：算你識相，不戰而敗，不然的話，我會啄光你脖子上的羽毛，讓你變成一隻醜陋不堪的光脖子天鵝！

紅弟裝著發現水裡一條小魚忙著要去覓食的樣子游開了。

更多在一旁看熱鬧的大天鵝向紅弟投去憐憫的目光。

紅弟當然知道巨臀幹嘛要跟牠過不去。巨臀自認爲身強力壯，想取而代之當桑戛卡大天鵝群的首領。

假如紅弟年輕幾歲，絕不會在挑釁面前退縮。遺憾的是，紅弟老了，紅弟已經是一隻十五歲齡的雄天鵝。大天鵝平均壽命十五到二十歲，十五歲已進入垂暮之年，或者說已經是風燭殘年。而巨臀只有六歲，對大天鵝來說六歲正是黃金年齡，就像早晨八、九點鐘的太陽，蒸蒸日上，風華正茂。

以風燭殘年之軀與一隻正處在黃金年齡雄心勃勃的大天鵝角力爭鬥，顯然是力不從心了。

擺在紅弟面前有兩種選擇，一是知難而退，讓出頭鵝位置。這個選擇的好處是，可以避免一場無謂的爭鬥，可以避免肉體受傷，但是，意味著牠向巨臀表示臣服，將永遠低下高貴的頭。落毛的鳳凰不如雞，下臺的頭鵝不如普通的天鵝。桑戛卡大天鵝群歷史上曾經有過這樣的先例，一隻名叫安東的頭鵝，十四歲那年因年老體衰遭到年輕雄性的挑釁，安東被趕下臺，忍氣吞聲做一隻普通的老雄鵝，輝煌不再，榮耀不再，一年後在孤獨中抑鬱而亡。前車之鑒，紅弟若選擇知難而退，牠的結局很有可能就是安東結局的翻版。二是接受挑釁，勇敢面對挑釁，與巨臀展開一場生死對決。這個選擇的好處是，展示頭鵝的尊嚴，避免在屈辱中生活，但是，與巨臀搏殺，結局毫無疑問，牠年齡和體力都佔劣勢，必輸無疑。巨臀不僅屁股肥大、尾羽發達，翅膀和脖頸也很壯碩，肯定會出現這樣的局面：幾個回合以後，巨臀就開始佔上風，牠便只有招架之力了，牠當然會支撐到底，脖子和身上的羽毛被一根根啄光，最後倒在血泊中。牠雖然已進入暮年，但離老死尚有一段距離，如果安享晚年，至少還可以活一、兩年。與巨臀生死對決，意味著生命要提前謝幕。而且，生死對決雖然避免了下臺的羞辱，卻無法避免失敗的悲哀。

死在捍衛自己首領寶座的爭鬥中，好像也沒什麼值得驕傲的。

怎麼辦？紅弟猶豫了很久，不知道自己究竟該如何選擇。

巨臀的氣焰卻越來越囂張，步步緊逼，不依不饒。這天上午，紅弟浮在水面上打瞌睡。自從上了年紀，精力漸漸不濟，一吃飽肚子就會昏昏欲睡。一隻名叫睡蓮的雌鵝，游到紅弟身旁，柔曼的脖頸彎成S狀，輕輕摩挲紅弟的脊背。紅弟一面打瞌睡，一面享受著讓牠頗感愜意的鵝式按摩。

紅弟是頭鵝，總會有年輕的雌鵝或出於虛榮、或出於崇拜、或出於討好、或出於尋找靠山的目的，主動來替牠摩挲脊背、整理羽毛，這是很正常的事，也是早已習慣成自然的事。可就在這時，巨臀搖搧翅膀飛快游了過來，猛烈撞在睡蓮身上，把睡蓮撞飛了出去，還沒等睡蓮明白過來是怎麼回事，巨臀又雨點般啄咬，把睡蓮啄得絨羽紛飛。

吭吭！吭吭！巨臀霸道地嘯叫，彷彿在說：討好一個老棺材，噁心！

吭吭——吭吭——睡蓮委屈地哀叫，游到紅弟身後，尋求保護。

巨臀蠻橫地追過來，用翅膀凶狠擊打睡蓮。

紅弟實在忍無可忍了。牠明白，表面看來巨臀是在欺負睡蓮，其實是在當眾肆意踐踏牠的頭鵝尊嚴。牠若視而不見、裝聾作啞，牠在桑戛卡大天鵝群的權威就會徹底崩潰，在眾鵝心目中的威望就會消失殆盡，牠從此就不再是桑戛卡大天鵝群的首領了。突然間，牠湧動起寧爲玉碎不爲瓦全的決心和勇氣。不就是一條命嗎？牠豁出去了，死也要爭這口氣。力量對比懸殊，牠心裡清楚，牠不可能既保全自己又挫敗巨臀，這是做不到的，可牠以必死的信念投入戰鬥，以死亡爲代價，即使做不到同歸於盡，也起碼能讓巨臀受傷致殘。紅弟刻毒地想，當巨臀與牠扭打起來後，牠要尋找機會用扁扁的嘴喙咬住巨臀的一隻肩胛，然後死也不鬆開，無論巨臀怎樣啄光牠背脊上的羽毛也堅決不鬆開，牠要用全身力氣，不不，是用殘剩的全部生命，反壓巨臀那隻肩胛，憑牠做了七、八年桑戛卡大天鵝群頭鵝所積累的豐富經驗，牠一定能成功壓斷巨臀的一隻翅膀。即使牠會被狂怒的巨臀當場啄死，牠也絕不會鬆開，也絕不會後悔，只要能聽到巨臀肩胛骨斷裂的哢嚓聲，牠就是死也瞑目了。

你想做桑戛卡大天鵝群的首領，作夢去吧！我要讓你成爲斷翅膀天鵝，從此無緣再飛上天空，只能做一隻在地面蹣跚行走的殘疾天鵝，在恥辱與悔恨中度過一生！

紅弟堅信自己的目的一定能達到。

兩隻雄鵝劍拔弩張一觸即發。

突然，左側一片骷髏狀礁石群傳來大天鵝驚慌失措的鳴叫，似乎發生了異常情況。紅弟扭頭望去，有十多隻雛鵝正拚命划動蹼掌從骷髏狀礁石群逃竄出來，有幾隻成年天鵝吭吭叫著，頭警覺地扭到背後，跟在雛鵝後面逃竄。

紅弟明白，那條五顏六色的花蛇又出來作祟了。

這是一條小酒盅粗細、約八十公分長的水蛇，學名叫虎斑游蛇，又叫野雞脖子，身上分佈黑白紅綠四種顏色，看上去花花綠綠挺漂亮。在大自然，太美的東西往往是有毒的。虎斑游蛇也是如此，美麗的軀殼下包藏著一顆毒汁四濺的禍心。這條虎斑游蛇就盤踞在這片骷髏狀礁石群中，這片骷髏狀礁石群佈滿大大小小的洞眼，毗鄰蘆葦蕩，水草豐美，是各種魚蝦產卵的首選之地，很容易找到一串串肥嘟嘟的魚卵蝦籽，所以也是雛鵝最佳覓食地點。時值雛鵝出殼季節，卻偏偏出現了這條該死的虎斑游蛇。在短短半個月時間裡，已經有四隻出殼僅數天的雛鵝慘遭荼毒。這條虎斑游蛇特別凶悍詭異，總是躲藏在茂密的水草間或隱秘的洞眼裡，當雛鵝稚嫩的小嘴啄食洞眼裡的魚卵蝦籽正吃得高興，突然間閃電般游躥出來，一口咬中雛鵝脖子，可憐的雛鵝尖叫兩聲，跳水中芭蕾似的在水面撲騰幾下，就魂歸西天了。

紅弟的老伴——老雌鵝彩雲，也葬送在這條虎斑游蛇的口中。

那是在十天前的一個中午，一群剛出殼不久的雛鵝游到骷髏狀礁石群覓食，小傢伙們正吃得起勁，虎斑游蛇突然從一塊礁石背後躥出來，雛鵝嚇得四散逃竄，虎斑游蛇銜著一隻頭頂有撮尖錐形黃毛的雛鵝追逐。雛鵝才孵化沒幾天，既不會飛，也游不快，而虎斑游蛇細長的身體波浪形擺甩，瞬間就要追上這隻頭頂有撮尖錐形黃毛的雛鵝了。就在三角形的彩色蛇頭快要落到雛鵝身上的一剎那，天空傳來啪啦啪啦翅膀的搧動聲，老雌鵝彩雲一下從天空俯衝到水面，準確砸在虎斑游蛇身上。

頭頂有撮尖錐形黃毛的雛鵝並非老雌鵝彩雲的孩子，彩雲年事已高，兩年前就停止產卵。彩雲是在天空盤旋時恰巧撞見虎斑游蛇在追逐雛鵝，彩雲是頭鵝的妻子，把保護族群裡每一個成員當作自己義不容辭的職責，尤其是那些毫無防衛能力的雛鵝，彩雲都視爲自己的子孫。牠不能容忍在自己眼皮底下聽任一條花花綠綠的蛇把一隻活潑可愛的雛鵝吞噬。牠不顧一切撲飛下來，想用自己的軀體撞死這條可惡的蛇。牠確實撞在了波浪形擺甩的蛇身上，遺憾的是，未能將正在游動的虎斑游蛇撞死，也未能將虎斑游蛇撞昏，柔軟的水幫了虎斑游蛇大忙，虎斑游蛇不過是被一股沉重的力量壓入水底。水花四濺，彩雲漂在水面上，尋找虎斑游蛇。虎斑游蛇不見了，不知躲到水底那個角落去了。彩雲茫然四顧，就在這個時候，被壓到水底的虎斑游蛇反躥上來，在彩雲蹼掌上咬了一口。

幾秒鐘後，彩雲渾身抽搐，發出淒厲的哀號……

頭頂有撮尖錐形黃毛的雛鵝死裡逃生。

等紅弟聞訊趕來，虎斑游蛇早已不知去向。

虎斑游蛇給這片食源豐盛的水域蒙上了一層死亡陰影。

這條虎斑游蛇又出現了，紅弟不得不中止與巨臀的對峙，向骷髏狀礁石群游去。牠是桑戛卡大天鵝群的首領，當群體出現生存危機，牠有責任一馬當先。

巨臀也發現骷髏狀礁石群異常動靜，與紅弟並排游了過去。

虎斑游蛇盤在一塊礁石上，蛇頭昂立，鮮紅的舌信快速吞吐。

紅弟沉著地向虎斑游蛇游去，巨臀與紅弟並排，也向虎斑游蛇游去。

其他成年大天鵝，有的在空中盤旋鳴叫，有的在遠遠的水面膽戰心驚張望，沒有誰敢跟過來。虎斑游蛇雖然無法吞嚥體格壯碩的成年大天鵝，但兩枚鉤狀毒牙，一咬致命，讓成年大天鵝望而生畏。

比較起來，巨臀還算是比較勇敢的，紅弟想。

兩隻雄鵝與虎斑游蛇的距離越來越近，五十公尺……三十公尺……十公尺……五公尺……虎斑游蛇的身體也抬了起來，兩隻玻璃珠子似的蛇眼閃爍凶光，擺出一副如臨大敵的架式。

紅弟發現，巨臀的身體在顫抖，背羽因緊張而豎了起來，尤其是臀部的尾羽，每一片羽毛幾乎翻轉開來，像一朵衰敗的白菊。

每一隻大天鵝都愛惜自己的生命，面對死亡威脅，面對一咬致命的凶悍毒蛇，都會感到害怕，都會因緊張而顫抖。

紅弟仍沉著地向前游去。牠心裡充滿復仇的渴望，而忘了害怕。這條該死的虎斑游蛇奪走了與牠相依爲命十多載的妻子，老天爺給了牠報仇的機會，牠絕不會錯過。

……四公尺……三公尺……

吱溜，虎斑游蛇躍入水中，向兩隻雄鵝迎了過來，細長的蛇身體像條彩色波浪，蛇頭昂出水面，蛇嘴張開，露出白森森兩枚毒牙。

巨臀驚叫一聲，倏地一個轉身，拚命拍搧翅膀，連飛帶游逃走了。

很少有大天鵝敢硬碰毒汁四濺的蛇牙，敢挑戰血淋淋的死亡威脅。

紅弟藐視巨臀一眼，仍沉穩地向虎斑游蛇游去。牠已想好了對付這條凶悍毒蛇的辦法。牠只是一隻進入暮年的大天鵝，能力有限，本領有限，不可能既躲開毒蛇噬咬又成功撲滅毒蛇，可牠有信心與這條毒蛇同歸於盡。是的，同歸於盡。牠老了，已無力應對巨臀越來越猖狂的地位挑戰。

即使今天牠能僥倖挫敗巨臀的挑釁，明天還會有第二個巨臀、第三個巨臀跳出來向牠挑戰。地位之爭是每種群居動物的通病，只要有可能，每個雄性都渴望獲得越來越高的社會地位，這是沒辦法的事。與其遭受被迫下臺的恥辱，毋寧去死；與其在地位爭戰中死於非命，毋寧與這條虎斑游蛇同歸於盡。牠覺得，生命在與毒蛇的搏殺中謝幕，更讓牠嚮往，更讓牠自豪。更重要的是，牠為心愛的妻子報仇，牠為桑戛卡大天鵝群剪除生存障礙，同歸於盡，也是死得其所了。

……三公尺……兩公尺……一公尺……牠向虎斑游蛇游去，沒有恐懼，只有激動，沒有悲哀，只有興奮。

虎斑游蛇脖子向後仰，那是進攻的前奏。

紅弟也張開嘴，等待這最後時刻的來臨。

紅弟黃黑相間的嘴殼離色彩斑斕的蛇頭越來越近，相距只有二十多公分了，突然，虎斑游蛇的尾巴劇烈抖了抖，彩色蛇頭倏地飆飛過來，企圖咬紅弟的臉。紅弟早有準備，也在同一時間將彎曲的脖頸突然繃直，張大的嘴殼迎著蛇頭彈射而去。由於大張著嘴殼，紅弟洞開的嘴腔裡，鮮紅的鵝舌在靈巧地跳動。蛇頭鵝頭在空中相撞。虎斑游蛇在紅弟舌頭上狠狠咬了一口，在同一瞬間，紅弟合上嘴殼。蛇有鑽洞的嗜好，虎斑游蛇順著噬咬的慣性向黑洞洞的嘴腔深處鑽去。紅弟搖動脖頸狠命作吞嚥動作。剎那間，小半條蛇已滑入紅弟食道。紅弟的脖頸膨脹起來，臉紅脖子粗，頸側明顯的鼓起一塊來。

虎斑游蛇感覺不對頭，扭動身體想從紅弟嘴腔裡退出來，已經遲了，紅弟緊閉嘴殼，嘴腔裡細碎的倒刺狀牙齒咬住滑溜溜的蛇皮，鵝頭翹向天空，堅決不讓虎斑游蛇滑脫出來。

憤怒的虎斑游蛇在紅弟嘴腔裡胡咬亂啃，長長的蛇尾纏繞在紅弟脖頸上，像繫了一條彩色圍巾。

紅弟嘴腔裡似有一團烈焰在燃燒，脖子也被蛇勒得難以呼吸，蛇毒開始發作，身體變得麻木，牠想飛起來，但蹼掌失去了力量，無法在水面飛快助跑，翅膀也變得僵硬，無力地耷落在水面上。

許多大天鵝瞪著驚訝的眼睛，遠遠注視這場驚心動魄的蛇鵝大戰。

紅弟艱難地划動蹼掌，慢慢游向那塊隆出水面的龜背狀礁石。牠用最後一點力氣，登上龜背狀礁石。

這塊隆出水面的龜背狀礁石，是紅弟最喜歡的歇腳點，在水裡游累了就爬上去歇歇，登高望遠，俯瞰臣民，象徵頭鵝至高無上的權威。

虎斑游蛇漸漸停止了掙扎，蛇尾鬆弛，晾掛在潔白的鵝頸上。

雄鵝巨臀和許多大天鵝從四面八方游過來，搖搧翅膀，引頸高吭，向紅弟表達敬意。

紅弟已虛弱得無法站穩，只好蹲坐在龜背狀礁石上，只有膨脹的脖頸仍翹向天空。

湛藍的天空飄過一朵白雲，風吹拂，雲朵變幻著圖形。恍然間，紅弟看見，牠心愛的妻子彩雲，正在藍天翱翔，潔白的雙翼翩然起舞，像在深情地召喚牠。

牠覺得自己的身體越來越輕，也變得像一片雲，被風托起，飛向彩雲……

青山綠水間，一隻潔白的大天鵝吞下半條花花綠綠的毒蛇，蛇尾像條鮮豔的圍巾繫在鵝脖上，遠遠看去，就像一幅色彩豔麗的油畫。

沈石溪作品集

白天鵝紅珊瑚

2010年8月初版　定價：新臺幣250元
有著作權・翻印必究
Printed in Taiwan.

著　者　沈石溪
繪　圖　江正一
發行人　林載爵

出版者　聯經出版事業股份有限公司
地址　台北市忠孝東路四段561號4樓
編輯部地址　台北市忠孝東路四段561號4樓
叢書主編電話　(02)87876242轉213
台北忠孝門市：台北市忠孝東路四段561號1樓
電話：(02)27683708
台北新生門市：台北市新生南路三段94號
電話：(02)23620308
台中分公司：台中市健行路321號
暨門市電話：(04)22371234ext.5
高雄辦事處：高雄市成功一路363號2樓
電話：(07)2211234ext.5
郵政劃撥帳戶第0100559-3號
郵撥電話：27683708
印刷者　世和印製企業有限公司
總經銷　聯合發行股份有限公司
發行所：台北縣新店市寶橋路235巷6弄6號2樓
電話：(02)29178022

叢書主編　黃惠鈴
叢書編輯　張倍菁
校對　蘇淑惠
　　　謝惠鈴
美術設計　陳巧玲
封面設計　李韻蒨

行政院新聞局出版事業登記證局版臺業字第0130號

本書如有缺頁，破損，倒裝請寄回聯經忠孝門市更換。　ISBN 978-957-08-3660-8 (平裝)
聯經網址：www.linkingbooks.com.tw
電子信箱：linking@udngroup.com

國家圖書館出版品預行編目資料

白天鵝紅珊瑚/沈石溪著．江正一繪圖
初版．臺北市．聯經．2010年8月（民99年）．
232面．14.8×21公分（沈石溪作品集）

ISBN 978-957-08-3660-8（平裝）

859.6　99015127